KB074525

날마다 한일전

김동환
이기범
지음

날마다 한일전

바람직한 미래 한일관계를 위한
청소년 지식 & 연애 소설

우리교육

작가의 말

두 나라 이야기

'세상 구경 중에 싸움 구경과 불구경이 제일'이란 말을 들어 본 적 있을 거예요. 들어본 적 없더라도 생각해보면 금세 고개가 끄덕여질 만한 말이지요? 그런데 두 가지 구경 모두 자신이 당사자일 경우엔 그것만큼 지옥 같은 일이 또 없겠지요. 특히 늘 보고 지낼 수밖에 없는 가까운 친구와 크게 다투었다면 하루하루 마음이 무겁고 불편할 거예요.

한국과 일본 두 나라의 관계를, 덮어 놓고 친구 관계에 비유할 순 없을지 몰라요. 어느 나라든 다른 국가와의 관계에는 항상 서로의 국익을 앞에 두고 벌이는 신경전이 존재할 수밖에 없으니까요. 그런데 우리에겐 일본이 새겨놓은 치욕스러운 기억이 너무도 강렬하게 남아 있어서, 한일관계를 국익이라는 한 가지 기준으로만 판단하기엔 어려움이 있어요.

그걸 두고 사람들은 흔히 '국민 정서'라는 말을 씁니다. '국민 정서'는 언뜻 보면 실체가 없는 듯해도 분명 존재하는 것이라, 어떨 땐 성난 목소리가 되어 들리고 때로는 소녀상과 같은 형상으로 만들어지기도 하지요. 그런데 우리에겐 그러한 종류의 정서만 있는 게 아니에요.

설문에 따르면 한국인이 가장 선호하는 해외 여행지는 단연 일본입니다. 일본인들은 어떨까요? 일본인들도 가장 가고 싶은 여행지로 언제나 한국을 손에 꼽곤 합니다. 실제로 해마다 한일 양국의 400만 명 넘는 관광객이 서로의 국경을 넘나들고 있어요. 이는 두 나라의 국민 정서 즉, 반일감정이나 혐한 풍조 등만으로 쉽게 설명이 되지 않는 현상이지요.

두 나라의 관계는 이처럼 서로에 대한 끊이지 않는 관심 속에서도 결코 가볍게 여길 수 없는 많은 문제를 품에 안고 있습니다. 이에 대해 어떤 사람들은 정상적인 관계에 방해가 되는 과거사는 이제 그만 들추자고 말합니다. 또 어떤 이들은 여전히 짚고 넘어가야 할 문제들이 쌓여 있고 그에 대한 진심 어린 사과와 반성이 필요하다고 말합니다. 이렇게 의견이 나뉘는 것은 두 나라 모두 마찬가지입니다. 쉽게 한쪽 의견이 정답이라 할 수 없어요. 국가 간 외교에선 서로에 대해 고정된 하나의 태도로 일관할 순 없으니까요.

그러나 분명한 것은 두 나라 사이의 문제가 해결되지 않고 지속되는 동안 이미 자신의 전부 또는 일부가 희생되었거나, 지금도 그 고통을 감내하며 살아가는 힘없는 사람들이 있다는 점입니다. 그 중에는 두 나라의 청소년도 포함됩니다. 왜곡된 역사의식을 정치적 목적으로 이용하려는 양국의 몇몇 사람들에 의해, 일본의 청소년들은 자국의 부끄러운 역사를 아예 배우지 못하고, 또 우리 청소년들은 일본을 객관적으로 인식하지 못하게 되어 가고 있어요. 그러니 미래 한일관계 또한 불안한 상황에 놓여 있는 것이지요.

우리가 흔히 뉴스에서 접하는 일본 관련 기사들은 어두운 이야기가 대부분이에요. 기사들을 보고 있자면, 일본은 여전히 제국주의 시절 조선과 주변국에 저질렀던 만행을 부인하거나 영영 묻어 버리고 싶어 하는 듯 보입니다. 또한 국제사회에서 그들의 경제력과 지위를 이용해 그 불순한 의도까지 그럴듯하게 포장하려 한다는 인상을 받게 됩니다. 그러니 여러 나라로부터 비판을 받을 수밖에 없지요.

그러다 보니 오랫동안 한국에선 일본의 태도를 강하게 비판하는 쪽이 정치적으로 인기를 얻어 왔어요. 공교롭게도 이런 상황은 일본에서도 비슷하게 일어납니다. '한일전'은 그러한 시대의 산물이에요. 우리가 한일전의 결과에 민감할수록 서로에 대해 적대적인 정치인들과 방송 매체가 이득을 얻는 구조지요. 한일전은 그들이 만들어 놓은 프레임 즉, 서로의 경쟁의식이나 반감을 이용해 이익을 챙기려는 사람들이 만들어 낸 이야기예요. 한일전 자체가 나쁘다는 게 아닙니다. 그 낡은 프레임 속에 서로에 대한 어떤 이해의 노력도 없다는 것이 문제지요.

우리는 우리 속에 한일전 응원에 임할 때와 같은 습관적인 편견이나 반감 같은 것이 없는지 돌아봐야 합니다. 그리고 일본은 더 이상 우리 국민 정서에 맞지 않는 언행을 중단하고 자신들이 이전에 해 왔던 사죄들에 걸맞은 태도를 보여야 합니다.

두 나라 국민 중엔 서로 자유롭게 교류하고 더 나은 관계를 만들고자 하는 사람들이 여전히 늘어가고 있어요. 젊은 세대일수록 그렇습니다. 이 책 속 인물들도 마찬가지예요. 자유로운 마음을 가로막는 장애물들을 제거하기 위해 우리는 누군가에 의해 만들어진 국민 정서가 아닌, 자유롭게 변화 가능한 국민 정서를 만들어 가야 합니다. 그러기 위해선 상대방을 더욱 이해하려는 노력이 필요해요.

한국과 일본만큼, 서로의 친밀도에 따른 영향이 극과 극으로 달라지는 나라도 드물지요. 이러한 이해의 노력은 분명 두 나라의 미래에 큰 선물을 가져다줄 것입니다. 때론 이성적이고 냉철하면서도 때론 따뜻하고 배려 깊은 국민 정서를 만들어가는 일은 누구보다 우리 청소년들이 가장 잘 해낼 것이라 믿습니다.

2017년 12월

김동환

차례

한 걸음 더 깊이 들어가기

1. 프롤로그

#교토

#도시샤대

#시인_윤동주

#의문의_죽음

#오_마이_갓!

#이런_게_사랑인가

#슬픈_냄새

교토 도시샤대 윤동주 시비詩碑 앞에는 까까머리 윤동주의 흑백사진이 놓여 있었다. 사진을 만지작거리며 같은 조인 동호가 말했다.

"이건 젊었을 때 사진인가 봐!"

그러자 장수가 갑자기 배꼽을 잡고 웃음을 터뜨렸다.

"야야, 윤동주 시인은 스물여덟 살에 돌아가셨어! 큭큭."

장수의 말에 조원 모두가 동호를 가리키며 한껏 웃어 젖혔다. 이어 윤동주 시인이 너보다 동안이라는 둥, 동호의 젊었을 때 모습이 궁금하다는 둥, 열일곱 살 남자아이들의 떠들썩한 익살이 교정에 울려 퍼졌다. 그러는 중이었는데 갑자기 등 뒤로 싸늘한 기운이 느껴졌다. 누가 먼저랄 것도 없이 뒤를 돌아보니 일본 여고생들로 보이는 한 무리의 자전거 행렬이 그들을 감싸고 있었다. 왠지 여학생들은 잔뜩 화가 나 있는 것처럼 보이기도 했다. 네 명의 여학생은 모두 같은 교복을 입고 있었고, 하나같이 엄청나게 빵빵한 가방을 메고 있었다. '학교에 사물함이 없나?' 장수는 생각했다. 자전거를 타고 있는 거로 보아 이 근처 학교 학생들인 것 같았다. '견학 온 건 아닌 것 같고….' 여러 궁금증이 일었지만, 일정 내내 한껏 들떠 있는 장수 일행과는 달리 여학생 무리는 어딘가 진지한 구석이 있었다. 장수 일행은 서둘러 있던 자리를 내어주고 그 옆으로 물러났다. 그러자 자전거 무리는 당연하다는 듯 한쪽에 자전거를 세워 두고 윤동주 시비 앞 벤치에 나란히 앉는 것이었다.

장수와 조원들이 자리를 옮긴 곳에도 또 하나의 시비가 있었다. 윤동주 시비와 5미터 남짓 떨어진 곳에 나란한 방향으로 자리 잡은 또 한 명의 한국 시인. 바로 정지용 시인이었다. 일본 대학교에 두 사람의 동시대 시인, 그것도 일본이 조선을 짓밟고 있을 당시에 활동한 시인들을 기념하는 우리말 시비가 건립되어 있다는 건 묘한 감정을 불러일으켰다. 장수는 계속 옆자리의 여학생 무리에 신경이 쓰였지만, 정지용 시비의 한글로 된 문구들을 읽어 가며 연신 사진을 찍어 댔다. 친구들도 여학생들이 신경 쓰이기는 마찬가지인 듯했다. 아이들은 아무렇지 않은 척하면서도 계속해서 여학생들을 향해 곁눈질했다.

도시샤 대학은 오늘의 마지막 일정이자 이번 프로젝트 답사 전체의 마지막이었다. 장수의 제안으로 이곳에 대한 조사와 발표는 장수네 조가 맡게 되었다. 장수는 이래저래 윤동주 시인과 인연이 있었다. 그래서 어느 정도 자신이 있었던 것이다. 덕분에 장수네 조원들은 맘 편히 일정의 마지막을 마냥 즐기기만 하면 되었다.

여학생들에게 눈을 고정한 채 동호가 장수에게 귓속말을 했다.

"엿장수, 네가 가서 한번 말을 걸어봐."

'엿장수'는 장수의 오랜 별명이었다. 하고 많은 '장수' 중에 하필 '엿장수'라니 싫을 만도 하지만 어느 때부턴가 그만큼 쉽게 새 친구를 만들어 주는 마법 같은 별명이라고, 장수는 생각하게 되었다.

"다짜고짜 뭐라고 말을 걸어, 인마?"

장수는 그렇게 되물었지만 표정은 싫지 않은 듯했다. 그때 여학생 무리에서 한 아이가 일어서더니 윤동주의 〈서시〉가 적힌 시비 앞으로 다가갔다. 다른 아이들은 여전히 벤치에 앉은 채로, 일어선 아이를 향해 몸을 기울여 집중하기 시작했다. 장수 일행 또한 누가 시키지도 않았는데 일제히 집중하고 있었다. 장수는 일어선 아이의 옆얼굴만을 겨우 볼 수 있는 위치였다. 갈색 앞머리 사이로 하얗고 반듯한 이마가 보였다 사라지길 반복했다. 그녀는 잠시 후 시비를 바라보며 소리를 내기 시작했다.

"시누 히마데… 소라오 아오기…."

장수는 순간 묘한 흥분에 숨이 멎는 것 같았다. '죽는 날까지… 하늘을 우러러… 일본어로 저걸 읽고 있다?'

"잇뗀노 하지나키코토오…."

그때 장수 옆에 바짝 붙어 있던 동호가 팔꿈치로 장수의 옆구리를 툭툭 쳤다.

"야, 지금 저걸 읽고 있는 거야?"

"조용히 해 봐. 좀 들어 보고."

장수는 중학교 때부터 일본어로 된 노래를 듣고 따라 부르면서 독학으로 일본어를 익혔다. 친구들도 장수의 일본어 실력에 대해서는 다들 잘 알고 있었다. 친구들은 장수에게 그녀가 〈서시〉를 읽고 있는 게 맞는지 자꾸 확인하려 했지만 장수의 귀에는 이미 친구들의 목소리 따위는 들리지 않았다. 그녀는 작은 입술에 힘을 주어 시구의 한 행 한 행을 또박또박 발음했다. 그녀가 읽고 있는 것은 분명 〈서시〉가 맞았다. '저걸 일본어로 읽고 있는 일본인이라니….' 장수는 처음 보는 낯선 광경에, 어쩌면 그것보단 윤동주를 낭송하는 일본 여학생에게 자기 마음을 온통 빼앗겨 버린 것 같았다.

"… 호시가 카제니… 후끼사라사레루."

그녀는 이윽고 '별이 바람에 스치운다'로 끝나는 〈서시〉의 마지막 행까지를 모두 낭송했다. 그리고 여학생 무리를 향해 쑥스러운 듯한 몸짓으로 활짝 웃어 보였다. 그러면서 고개를 돌릴 때 그제야 장수도 그녀의 얼굴을 똑바로 바라볼 수 있었다. 학의 날개 같은 윗눈썹 아래 길쭉한 눈웃음, 작지만 힘 있어 보이는 입 모양이, 장수가 오래도록 사랑했던 일본 여가수 유이를 떠올리게 했다. 그녀의 낭송이 끝나자 여학생 무리에서 와, 하고 박수가 터져 나왔다. 그들의 박수 소리에 장수는 비로소 정신을 차렸다. 장수는 하마터면 낭송 내내 자기도 모르게 멍하게 벌리고 있던 입을 다물지 못한 채 그녀와 눈이 마주칠 뻔했다. 기껏해야 1, 2분밖에 안 되는 그 시간이 너무나 긴 것처럼 느껴졌다. 마치 여기와는 전혀 상관없는 웜홀 너머 또 다른 우주를 잠시 엿보고 온 듯했다.

여학생 무리가 박수 치는 걸 그쳤는데도 장수 일행 중 몇몇의 박수 소리가 남아 짝짝거렸다. 그걸 들은 여학생들이 이쪽을 쳐다봤다. 순간 장수의 얼굴이 금방이라도 터져 버릴 듯 확확하게 달아올랐다. 그때 멀리서 다른 조 친구 하나가 소리쳤다.

“4조! 멘토 형이 광장으로 모이래!”

저녁 식사 시간이 된 것이었다.

“애들아, 가자.”

일본에서의 마지막 저녁이었다. 내일이면 다시 서울로 돌아가야 한다. 조원들이 하나둘 광장을 향해 돌아섰다. 그런데 장수는 좀처럼 발길이 떨어지질 않았다. 유이를 닮은 그녀 때문이었다. ‘다시 만날 수 있을까?’ 불과 몇 분 전까지만 해도 태어나 처음 느끼는 감정으로 온 정신이 딴 세상을 헤맸던 장수였다. 그런데 이렇게 만나자마자 이별이라니. 장수는 온몸에 힘이 빠져나가는 듯했다. 갑자기 몸살에라도 걸린 것처럼 너무 힘이 들었다. '지금 헤어지면 평생 이름도 모른 채 살아가겠지.' 생각하니 눈물이 다 나려 했다. '이런 게 사랑일까?'

"야, 엿장수! 뭐해?"

차마 떨어지지 않는 장수의 발길을 동호가 돌려세웠다. 조원들을 따라 광장으로 걸으면서 장수는 계속해서 뒤를 돌아보았다. 여학생 무리는 여기 온 이유가 그게 다였던 듯, 하나둘씩 일어나더니 세워 두었던 자전거를 챙기기 시작했다. 그 속에서 환히 웃고 있는 그녀를 빼곤 모두 아웃포커싱… '그래! 사진!' 장수는 갑자기 이런 생각이 떠올랐다.

"우리 쟤네한테 같이 사진 찍자고 할까?"

조원들의 뒤통수에다 대고 장수가 소리치듯 말했다.

"그럴까?"

비슷한 마음이었을까. 장수의 제안에 제일 먼저 동호가 반응했다.

"그러자 까짓것!"

다른 한 녀석도 뭔가 아쉬웠는지 쉽게 동의했다. 이제 막 출발하려는 여학생 무리를 향해 어느새 장수는 달리고 있었다.

"짜식, 되게 아쉬웠나 보네. 큭."

나머지 아이들도 장수를 따라 뛰었다. 다행히 여학생 무리는 아직 자전거에 올라타지 않은 상태였다. 후문으로 학교를 빠져나가려던 그녀들 앞을 장수가 막아섰다. 그녀들은 의아한 표정이 되어 장수를 쳐다보았다. 장수가 일본어로 떠듬떠듬, 하지만 정성스레 함께 사진을 찍고 싶다는 뜻을 전했다. 뒤이어 나머지 조원들이 무리에 뛰어들었다. 그녀들은 서로를 쳐다보며 기분 좋게 웃었다. 그리고 고맙게도 그러자고 했다. 조원 중 하나가 자신의 셀카봉을 장수에게 내밀었다. 눈부시게 맑은 교토의 여름 하늘 아래 두 나라의 남녀 학생들이 다정한 한 컷을 남기는 순간이었다.

그러나 그게 다였다. 함께 사진을 찍는다는 사실에 한껏 들떴던 장수는 가장 중요한 걸 빼먹고 말았다. 그녀에게 연락할 방법이 없었다. 이메일 주소라도 물어봤어야 할 게 아닌가. 사진을 찍었으니 그걸 보내 주겠노라면서 물어봤다면 누가 봐도 자연스러운 핑곗거리가 되었을 텐데. 용기 내어 사진까지 찍고도 그녀를 영영 볼 수 없게 됐다는 사실은 달라지지 않았다. 저녁 식사 전 전체 모임에서 장수는 자기가 너무 바보 같았다는 생각에 주먹으로 자기 머리를 퍽퍽 내리치고 있었다. 친구들이 그 소리에 놀라 모두 장수를 쳐다보았다.

"야, 엿장수 왜 그래?"

놀란 동호가 물었을 때 장수는 하마터면 울음을 터뜨릴 뻔했다.

모두가 저녁 식사를 위해 도시샤대 교내 식당으로 향하고 있을 때 교내 여행 답사 동아리 지도교사인 천 선생님이 장수를 불렀다.

"장수야, 전화 좀 받아 봐."

장수가 선생님의 휴대 전화를 받아들었다. 익숙한 하이톤의 목소리가 귓속을 울렸다.

"예? 이모?"

장수는 그제야 자신이 교토 이모와의 약속을 완전히 잊고 있었다는 사실을 깨달았다. 교토 이모의 본명은 송 아무개였는데 어릴 때부터 늘 '교토 이모'로만 말하고 불러 왔기 때문에 이름을 기억하지 못했다. 그녀는 장수 엄마의 대학 후배로, 한국관광공사에서 일하던 시절 일본 교토 지사로 발령이 난 후 이곳에서 일본인 남편을 만났다고 했다. 그 후 10년이 넘도록 바로 이 도시샤대 근처 동네에서 살고 있다. 마침 장수가 여름 방학을 맞아 교내 여행 답사 동아리에서 교토와 나라(奈良, Nara) 지역을 탐방하는 답사를 오게 되었고, 엄마로부터 소식을 전해 들은 이모는 더욱이 마지막 일정이 도시샤대라는 걸 알고는 뛸 듯이 기뻐했다고 한다. 그 후로 이모는 엄마에게 연락해서 장수가 교토를 떠나기 전 반드시 자기를 만나고 가야 한다고 거듭 다짐을 받았다. 이모는 장수네 일행이 일본에 도착하던 날부터 천 선생님에게 직접 전화를 해서 양해를 구했고, 오늘이 바로 그날이었다.

"장수니? 꺄아악! 장수야, 이모야!"

갑작스러운 이모의 비명에 장수는 정신이 번쩍 들었다. 이모는 여전했다. 작년 윤동주 70주기 기념식을 맞아 서울에 왔을 때도 이모는 장수를 마치 열 살 난 어린애처럼 안고 뽀뽀 세례를 퍼부어 댔었다. 그리 기분 나쁠 것도 없는, 오히려 평소보다 백배는 더 반갑게 느껴져야 마땅한 환대였지만, 장수는 지금 이모에게 장단 맞출 기분이 아니었다. 이모로선 상상도 할 수 없을 전혀 다른 세계에 한 발을 걸치고 있기 때문이었다.

"네, 이모… 저예요."

"그래그래 장수야, 지금 도시샤 대학인 거지? 그런 거지? 이렇게 반가울 데가! 이모가 사는 동네에 네가 지금 와 있는 거지? 하하핫!"

"네 맞아요. 어디로 가면 돼요?"

"응, 이모가 데리러 나갈게. 선생님께는 충분히 사정 말씀드렸으니까 오늘 저녁은 이모랑 맛있는 거 먹고 즐겁게 보내자. 너희 오늘 숙소도 이 근처라고 했지?"

"숙소까지 파악하셨네요."

"그러엄. 장수야, 후문으로 나오자마자 보이는 지하철역이 이마데가와 역이야. 거기서 길 건너 오른편에 2번 출구가 있어. 거기서 보자. 응? 알았지? 올 수 있겠지? 응? 조심해서 와야 해."

"네, 이모. 이따 봐요."

사실 장수가 윤동주 시인에 대해 잘 알게 된 것도 다 교토 이모 덕분이었다. 이모는 국문과 출신은 아니었지만 장수 엄마와 함께 대학교 내 문학 동아리 활동을 했었다. 그녀는 아직도 이곳 도시샤대에서 해마다 열리는 윤동주 시인 추모 행사에 꼬박꼬박 참석한다고 한다. 참석 정도가 아니라 한국인 자문 역할을 톡톡히 하는 모양이었다. 이모 말로는 일본 내 윤동주 시인의 팬이 상당수 존재한다고 했다. 그 사실을 처음 들었을 때 장수는 어떻게 일제에 저항한 시인으로 알려진 그가 일본에서 사랑받을 수 있는지 너무나 의아했다. 게다가 시인은 일제에 의해 수용된 후 2년의 복역 기간이 끝나기도 전에 광복을 몇 달 앞두고 안타까운 죽임을 당한 사람이 아닌가. 그러잖아도 당시 장수는 한창 일본에 대한 모든 것이 궁금하고 신기했던 터라 그때부터 스스로 윤동주에 관해 공부하기 시작했다. 그의 모든 작품과 전기를 찾아 읽었음은 물론이고, 나중에 일본어를 조금 할 줄 알게 되면서부터는 그의 작품들을 하나하나 일본어로 번역해 보기도 했다. 시비 앞에 서 있던 아이가 〈서시〉를 낭송하고 있다는 걸 알아챌 수 있었던 이유도 그 때문이었다.

장수는 나중에 친구들과 숙소에서 만나기로 하고 인사를 나눈 뒤 짐을 챙겨 도시샤대 후문을 빠져나왔다. 이모 말대로 건너편에 2번 출구가 보였다. 날은 좀 더웠지만 장수는 지하로 내려가고 싶진 않았다. 마침 해가 지고 있었고 드문드문 바람도 불고 있었다. 조금 돌아가더라도 인도를 따라 걸어가는 쪽을 택했다. 걸으면서도 계속 아까 보았던 그 아이 생각뿐이었다. '이름이라도 물어볼 걸…. 그러고 보니 그 아이도 자전거를 몰고 이쪽 길을 향해 사라졌었지.' 건널목 앞에 멈춰 서니 건너편에서 교토 이모가 10대 소녀처럼 팔짝팔짝 뛰어오르며 장수를 향해 높이 손을 흔들었다. 장수도 이모를 향해 손을 들어 보였다. 그때 잠시 미약한 바람 한 점이 장수의 얼굴을 훑고 지나갔다. 장수는 바람 냄새가 그 아이를 만나기 전과 많이 달라져 있다고 느꼈다. 생전 이런 냄새는 처음이었다. 슬픈 냄새였다.

한 걸음 더 깊이 들어가기

윤동주 기억하기

'동(冬) 섣달에도 꽃과 같은, 얼음 아래 한 마리 잉어와 같은 조선 청년'

1948년 시인 정지용은 윤동주의 유고 시집《하늘과 바람과 별과 시》의 서문을 쓰며 윤동주를 다시 떠올렸습니다. 한없이 순수한 사람. 민족의 아픔에 대해 고뇌가 많았던 청년. 누구보다도 시를 사랑했지만 시집 한 권 내지 못한 채 차가운 후쿠오카 형무소에서 스물여덟의 생을 마감해야 했던 동주. 그는 생체 실험의 대상이 되어 해방을 불과 6개월 앞두고 쓸쓸히 떠나 버렸기에 정지용의 마음은 더 먹먹했습니다. 하지만 '시와 시인은 원래 이러한 것'이라며 '부끄럽지 않고 슬프고 아름답기 그지없는' 윤동주의 시를 세상에 내보였습니다.

죽는 날까지 하늘을 우러러
한 점 부끄럼 없기를
잎새에 이는 바람에도

나는 괴로워했다.

별을 노래하는 마음으로

모든 죽어 가는 것을 사랑해야지

그리고 나한테 주어진 길을

걸어가야겠다.

오늘 밤에도 별이 바람에 스치운다.

-〈서시〉, 1941. 11. 20.

그 후 윤동주와 서시는 한국인이 가장 사랑하는 시인, 한국인이 가장 사랑하는 시가 되었습니다.

윤동주는 1917년 12월 30일 중국 지린성 화룡현 명동촌에서 태어났습니다. 그의 집안은 20여 년 전 함경북도 종성에서 이웃집들과 함께 명동촌으로 집단 이주했습니다. 부지런히 농사지으며 터전을 일군 덕에 명동촌은 부유했고 일찍부터 신학문과 기독교가 들어올 만큼 열린 마을이었습니다. 윤동주는 송몽규, 문익환 등 마을 친구들과 함께 문학도의 꿈을 품고 풍부한 감수성을 길렀습니다. 청소년이 된 윤동주는 은진중학교 숭실중학교 광명중학교를 거치며 스무 편이나 되는 시를 쓰고 학교 잡지에 발표하기도 했습니다. 이 무렵 신사참

배 거부 등으로 민족의식에 눈뜨게 되었고 정지용 시인의 시에 푹 빠지기도 했습니다. 광명중 졸업 후 연희전문(지금의 연세대학교)에 입학했습니다. 이곳에서 책을 읽고 시를 쓰며 보낸 4년간이 윤동주에게 가장 행복한 시간이었습니다. 지금도 경복궁 옆 서촌에 가면 당시 그가 머물렀던 하숙집과 윤동주 문학관을 만날 수 있습니다. 연희전문 졸업 후 윤동주는 일본 도쿄의 릿쿄대학에 입학했지만 한 학기 만에 교토의 도시샤 대학으로 옮겼습니다. 도시샤 대학에는 평생의 절친한 친구인 송몽규가 있었고 자신이 가장 존경하는 정지용 시인이 다닌 학교였기 때문입니다. 도시샤 대학 시절 윤동주는 조선인이 일본에서 공부하는 괴로움을 시로 자주 표현했습니다. 학교 근처 강변을 산책하며 우리 민족이 처한 현실을 생각했습니다. 조선인 유학생들과 만나 우리 문화에 대한 토론도 자주 했습니다. 그러나 그 시간도 잠시, 조선의 독립과 민족문화 수호에 앞장섰다는 죄명으로 송몽규와 함께 체포되어 후쿠오카 형무소에 갇혔습니다. 그런데 그곳에서 생체 실험으로 의심되는 주사를 맞으며 몸이 점점 상해가다가 1945년 2월 16일 알 수 없는 이유로 생을 마감했습니다.

윤동주를 그리워하는 사람들은 그의 삶과 시를 영화와 뮤지컬로 탄생시켰습니다. 이준익 감독의 '동주', 2012년 초연한 뮤지컬 '윤동주, 달을 쏘다'가 대표적입니다. 모교였던 연세대학교와 일본 교토의 도시샤 대학에는 그를 기리는 시비와 기념관이 만들어져 있습니다. 윤동주의 시는 한국인뿐 아니라 일본인에게도 많은 사랑을 받고 있어 한일 간에 교류와 모임도 많습니다. 비록 꿈을 다 펼치지 못한 채 죽음을 맞이했지만 시간이 지날수록 한일 양국에서 사랑받는 시인이 되었으니 윤동주의 응어리는 어느 정도 풀어지지 않았을까요?

2. 초밥 테러

#혐한이라니

#반일감정은_어쩔_수_없지만

#혐한은_시러

#그녀_유키_그녀

#어색하고도_꿈_같은_시간

#일본에서만_볼_수_있는_별

교토 이모는 이제 일본 사람이 다 된 것 같았다. 이모가 한국에 왔을 땐 느끼지 못했는데 일본에서 만나니 원래부터 한국인이라기에는 분명 어딘가 다른 느낌이 있었다. 옷차림 때문인가, 걸음걸이? 집까지 가는 길에 끊임없이 이것저것 물어대는 이모를 보면서 장수는 대답 대신 그게 무엇일지에 대해 골똘히 생각했다. 10분쯤 걸었을까, 어느 집 대문 앞에 이르러 이모는 걸음을 멈추었다. 대문이라기엔 작고 아담한 철문, 철문을 열자 좁다란 마당 구석구석에 색색의 꽃이 그득했다. 그건 마치 꽃가게 뒷문을 열면 나타날 법한 광경 같기도 했다. 그리고 마당 한가운데에는 진회색 고양이 한 마리가 잠을 자고 있었다. 고양이는 엎드린 채 한쪽 눈만 가늘게 뜨고 교토 이모와 장수를 흘끔 쳐다보더니 미동도 하지 않고 다시 눈을 감았다. 이모는 오목하게 만든 손바닥으로 고양이의 머리를 톡톡, 노크하듯 건드렸다. 고양이는 '됐으니 들어가 봐' 하는 식으로 잠시 눈을 떴다 감을 뿐이었다. 이모가 현관문을 열자 눅진하고 달콤한 음식 냄새가 훅하고 풍겨 왔다. 그 냄새를 맡고 나자 장수는 놀랍게도 순식간에 허기를 느꼈다. 에어컨을 약하게 틀었는지 집 안은 그다지 시원하지 않았다.

"곰방와! 우레시 우레시~!! 반가워요 정말!"

집 안에는 이모와 비슷한 또래로 보이는 아줌마가 한 분 더 있었다. 뜻밖에도 그녀가 끝에 우리말로 인사를 해서 장수는 조금 놀랐다. 까무잡잡한 피부에 작지 않은 키, 뒤로 질끈 묶어 올린 머리, 그리고 얇은 입술에 힘을 주어 다문 입매가 인상적이었다. 장수는 얼떨결에 꾸벅 인사부터 했다. 장수를 배려하는 듯 교토 이모는 천천히 정성 들여 아줌마를 소개했다. 이때부터는 약속이라도 한 듯 모두가 일본어를 썼다.

"이쪽은 이모의 시누이, 그러니까, 이모부의 누나셔."

이모의 남편이 일본인이란 건 장수도 알고 있었지만, 이모가 이곳에서 일본 사람과 가족 관계를 이루어 살고 있다는 구체적인 그림은 떠올려 본 적이 없었다.

"안녕, 사라 아줌마라고 해."

아줌마는 미소 띤 얼굴로 두 손을 가지런히 모으고 마치 어른에게 하듯 인사를 했다.

"네. 전 최장수…라고 합니다. 잘 부탁드립니다."

장수도 짧지만 또렷한 일본어로 다시 한번 인사를 드렸다.

"근데 언니, 밥이 다 됐나요? 뭘 더 도울까요?"

이모가 말했다.

"응 밥만 좀 퍼 주겠어?

엥? 그런데 여긴 대체 누구 집인가. 조금 전까지만 해도 장수는 당연히 이모네 집이겠거니 생각하며 따라 들어왔는데, 이모는 꼭 남의 집에 온 것처럼 굴었다. 장수는 식탁 의자에 앉으며 조심스레 물었다.

"이모, 여기… 이모네 집이 아닌 거예요?"

역삼각형 모양의 밥그릇에 밥을 푸며 이모가 대답했다.

"아, 여긴 유키네 집, 아니 그러니까 사라 아줌마네 집이야. 아까 오면서 얘기했는데 못 들은 모양이구나?"

"아, 네."

들었을 리가 없지. 딴생각을 하며 걸었으니까. 당황한 표정을 감추려 장수는 고개를 돌렸다. 그러면서 집을 한 바퀴 휘 둘러보았다. 한국의 흔한 아파트와는 구조가 매우 달랐다. 마당 쪽으로 난 기다랗고 폭이 좁은 창으로 방금 본 꽃들이 한가득 눈에 들어왔다. 몇 식구가 사는지는 모르겠지만 거실과 부엌은 식탁 근처에 모인 사람들만으로도 다소 좁은 듯한 느낌이 들었다. 그리 몸집이 크지 않은 가구들, 각종 살림살이가 집 안을 빼곡히 채우고 있기 때문이었다. 그런데 어느 하나 아무렇게나 놓인 물건이 없어 보였다. 오랜 시간 동안 그것들은 스스로 자리를 바꾸어가며 각자 필요하고 가장 적절한 곳에 자리를 잡은 느낌이었다. 냉장고를 비롯한 부엌 가구 곳곳에는 한글로 된 낱말카드 같은 게 붙어 있기도 했다. 그건 어린아이가 있는 한국의 가정에서나 볼 수 있는 것들이었다. 식구 중 누군가가 한국어를 배우고 있는 모양이었다. 장수가 막 거실 쪽으로 눈을 돌리려 했을 때, 사라 아줌마가 거실 건너편을 향해 소리쳤다.

"아카리! 아직 멀었니? 재는 오빠하고 인사하라니까, 여태까지 뭐 하는 거야. 손님이 오셨는데 예의 없이 그러면 못 써요!"

아카리라면 여자아이인가? 장수는 아직 모습을 나타내지 않은 다른 식구가 있었다는 사실에, 또 그게 자신보다 어린 여자아이라는 것에 긴장했다. 그때 사라 아줌마가 장수 앞에다 미소시루(된장국)를 놓으며 말했다.

"장수 군, 오늘이 마지막 날이라지?"

장수가 대답했다.

"네, 맞아요. 내일 아침 비행기예요."

"교토는 어땠니? 나라에도 갔었다고 했지?"

"네, 교토는 뭐랄까. 거대한 경주 같았어요."

"경주?"

이모가 끼어들며 말했다.

"참, 언니는 경주에 가본 적이 없구나? 경주는 한국의 고대 도시예요. 그러고 보니 장수 말대로 경주랑 교토는 닮은 데가 많구나."

"네. 경주도 불교 국가의 수도로 만들어진 도시니까요."

"앗, 인사가 늦어 실례했습니다."

언제 나왔는지 초등학생으로 보이는 꼬마 아이 하나가 장수 앞으로 바싹 다가와 허리를 숙이고 이렇게 말했다.

"풉!"

장수는 꼬마 아이가 너무 어른 같은 말투로 말하는 것에 웃음이 터질 뻔한 것을 손으로 급히 틀어막았다.

"아카리라고 합니다. 우리 집까지 이렇게 찾아와 주셔서 기쁩니다."

장수는 더 참을 수가 없었다.

"으흐흐 으하하!"

이번엔 이모와 아줌마까지 모두 웃음이 터졌다. 하지만 아카리는 자신이 무시당한 것 같다고 생각했는지 순간 표정이 굳어 버렸다. 장수는 미안한 마음에 악수를 청했다.

"아, 웃어서 미안해. 네가 너무 귀여워서 그랬어. 용서해 주라. 난 한국에서 온 장수라고 해."

그러자 아카리는 마지못해 잡아 준다는 듯 장수의 손을 잡고 괜찮다고 했다. 아줌마가 말했다.

"어서 앉으렴. 아카리. 한국에서 잘 생긴 오빠가 온다고 했더니 예쁘게 보이고 싶었나 봐. 씻는다고 욕실에 들어간 게 언젠데 이렇게나 오래 걸린 걸 보면 말이야."

아줌마의 말에 아카리의 볼이 순식간에 빨갛게 달아올랐다. 장수는 그 모습이 귀여워 자기도 모르게 함박웃음이 지어졌다. 자신에게 관심이 집중되는 게 민망했는지 아카리가 화제를 돌렸다.

"엄마, 언니는 왜 안 와요?"

그러자 이모도 생각난 듯 아줌마에게 물었다.

"참, 유키는 아직 학교에 있나 보죠?"

아줌마가 말했다.

"아냐, 학교 마치고 친구들이랑 연극제 준비를 하고 온다나, 하고 아까 전화가 왔었어."

이 말을 듣고 장수는 곧바로 유키라는 여자아이에 대해 떠올렸다. 유키… 분명 들어 본 이름이다. 그래, 지난번 이모가 서울에 왔을 때 일본에 있는 시댁 조카가 자신과 동갑내기라며 다음에 일본에 오면 꼭 서로 만나게 해 주어야겠다고 했지. 그때 말한 조카가 바로 유키인 것이다. 어떤 아이일까? 동생인 아카리와 닮았다면 귀엽고 천진한 소녀일 것이고, 엄마인 사라 아줌마를 닮았다면 밝은 미소에 단단하고 빈틈없어 보이는 인상이겠지.

"장수야, 무슨 생각을 그리 골똘히 하는 거니? 이제 어서 먹자꾸나. 사라 아줌마가 종일토록 고생하며 만든 음식이야."

이모가 말했다.

"입맛에 맞을지 모르겠어. 천천히 골고루 먹어 봐."

아줌마도 부엌 한쪽에 앞치마를 풀어 놓고 식탁에 앉으며 말했다. 잠깐 딴생각을 하는 사이 식탁에는 무척 정갈하게 밥상이 차려져 있었다. 네모난 나무 쟁반 위에 개인별로 조금씩 담긴 반찬, 국, 밥 등이 한국의 상차림과는 완전 딴판이었다. 한국에서는 손님이 집에 온다 하면 그야말로 상다리가 부러지게 차리는 게 예의인데, 이 상차림으로만 봐선 대체 어떤 음식을 만드는 데 종일이 걸렸다는 건지 장수는 언뜻 이해하기 어려웠다. 지금껏 일본에 와서 비슷한 식당 음식들도 많이 경험했지만, 집에서도 이런 상차림으로 밥을 먹는다고는 생각하지 못했다.

그런데 간장으로만 조린 듯한 고등어 반찬을 한 입 입에 넣고 나자 생각이 달라졌다. 그건 아주 오래 공을 들인 음식 같았다. 장수의 입에서 절로 탄식이 나왔다.

"아! 너무 맛있어요!"

아줌마가 활짝 웃으며 말했다.

"정말 다행이구나! 입맛에 안 맞을까 봐 얼마나 걱정했는지 몰라."

장수는 쟁반에 담긴 모든 음식이 마음에 들었다. 극심한 무더위 속에서, 가는 곳마다 엄청나게 모인 인파 속에서 친구들과 고생하며 돌아다녔던 지난 며칠을 모두 보상받는 느낌이었다. 방금까진 솔직히 약간 귀찮은 마음이 없지 않았는데, 이모를 만나 여기에 오길 잘했다는 생각이 들 정도였다. 장수는 쟁반에 담긴 모든 반찬을 싹쓸이하고 밥도 반찬도 더 달라고 부탁했다.

밥을 먹고 나서 모두가 거실에 둘러앉게 되었다. 아카리는 처음과는 달리 장수에게 바싹 달라붙어 장수의 작은 행동까지도 유심히 살펴보고 있었다. 이제는 전혀 수줍지 않은 모양이었다. 그러다 장수와 눈이 마주치면 헤헤거리며 웃곤 했는데 장수는 그 모습이 그렇게 귀여울 수가 없었다. 장수네 집에는 여자 하나에 남자만 셋이다. 그런 집이 다 그렇듯 세 남자 위에 엄마가 군림하는 형국이었다. 장수에게는 형이 하나 있을 뿐이어서, 어릴 때부터 여동생이나 누나가 있는 친구들을 꽤 부러워했다. 열 살이라는 아카리가 낯도 가리지 않고 살갑게 구니 장수는 그런 아카리를 그저 보고 있는 것만으로도 마구 행복감이 일었다.

"사라 아줌마는 요즘 한국어를 배우고 계셔."

포도 한 알을 집으며 이모가 말했다.

"아, 정말요? 한국에 오신 적도 있으시고요?"

아줌마가 손사래를 치며 수줍은 듯 대답했다.

"그냥 한국 드라마에 빠져서 한둘씩… 아주 초보 수준이야…. 한국엔 가 본 적 없지만 꼭 가 보고 싶어."

이모가 말했다.

"옆에 유키가 있으니 금방 늘 거야. 유키는 이제 꽤 잘하던데."

아, 유키. 유키는 한국어도 잘하는 아이구나. 장수는 잠시 잊었던 유키라는 아이를 떠올리자 살짝 가슴이 뛰기 시작했다. 대체 어떤 모습일까? 유키는….

"유키 언니는 고집쟁이야! 자기 물건에는 손도 못 대게 하고."

듣고 있던 아카리가 갑자기 이렇게 말했다. 장수는 아카리가 꼭 자기 마음을 읽고 대답하는 것 같아 순간 움찔했다.

"그래도 언니가 널 얼마나 생각하는데 그래? 자기 물건에 손대는 걸 싫어하는 건 너도 마찬가지면서."

"힝."

아줌마의 말에 아카리는 입을 삐죽거렸다. 장수는 그것까지도 귀여워 죽겠는 표정이었다. 그때 이모가 말했다.

"장수야, 사라 아줌마도 윤동주 팬 모임 회원이란다."

아줌마는 윤동주 이야기에 절로 두 손을 합장하고 반가워했다.

"장수 군도 윤동주를 좋아하니? 오늘 도시샤대에 갔다고 들었는데?"

장수는 뜻밖의 이야기에 묘한 기분이 들었다. 작년 한국에 왔던 이모에게 말로만 들었던 윤동주의 일본인 팬을 실제로 만나게 되다니….

"그럼요. 이런 표현은 처음 써 보지만, 저도 팬이라고 할 수 있죠. 아줌마가 윤동주 시인의 팬이라니 기분이 좀 이상해요."

그러다 장수는 갑자기 불과 몇 시간 전 도시샤대에서 있었던 일이 생각났다.

"그렇지 않아도 아까 도시샤대에서…."

여기까지 얘기하다 장수는 갑자기 울컥, 하고 목이 멜 정도가 되었다. 그랬구나, 유유히 자전거를 타고 사라지던 이름 모를 여자아이. 그 아이 생각으로 불어 가는 바람에도 냄새가 있다는 걸 알게 되었지. 윤동주의 〈서시〉를 일본어로, 힘 있는 입술로 또박또박, 조금은 처량하게 읽던 아이. 학의 날개 같은 눈썹. 일본 여가수 유이를 닮은 아이. 잊을 수 없겠지. 한 번만, 단 한 번만이라도 다시 볼 수 있다면….

"무슨 일이 있었는데?"

"예?"

한동안 멍하니 정지 상태였던 장수에게 이모가 다그쳤다.

"도시샤에서 무슨 일이 있었냐고? 왜 말을 하다 말아?"

"아, 아…무것도, 아무것도 아녜요. 하하."

"도시샤대에 있는 윤동주 시비는 처음 본 거지? 기분이 어땠어?"

이모가 물었다. 장수는 그녀 생각으로 가득 찬 머리를 정돈하기가 힘들었다.

"아, 뭐랄까…. 약간 감동적이기도 하고… 처량하기도 하고… 그랬어요. 생각이 좀 복잡했어요."

아줌마가 이해할 수 있다는 표정으로 말했다.

"그랬구나. 아무래도 한국인들에겐 특별한 사람이겠지?"

특별한 사람… 맞아요. 거기서 특별한 사람을 만났어요. 지금껏 가져 보지 못한 감정을 느끼게 해 준. 나한테 그런 감정이 있었다는 걸 이제야 알게 해 준. 장수는 그녀가 너무 보고 싶어 당장에라도 근처 동네를 뒤져 찾을 수 있다면 그렇게라도 할 것 같은 심정이었다.

"유키가 바로 도시샤대 안에 있는 여자고등학교에 다닌단다. 이따 오면 인사나 하렴."

아줌마가 말했다.

"맞아, 맞아. 너랑 동갑이니까, 앞으로도 둘이 친구로 잘 지내면 좋겠다."

옆에 있던 이모도 거들었다. 장수는 이모와 아줌마가 유키와 자신을 연결해 주려 한다는 생각이 들었다. 그러자 약간 거부감이 들었다. 무엇이든 억지는 싫으니까. 그럴수록 장수의 머릿속엔 오직 그녀 생각뿐이었다.

그러다 장수는 문득 유키가 그녀와 같은 학교에 다니고 있겠다는 생각이 들었다. 그래, 유키가 오면 사진을 보여 주고 물어보자. 그녀를 아는지. 제발, 제발 안다고 말해 주길. 역시 죽으라는 법은 없다. 실낱같지만 이것도 희망이 아닌가. 유키가 그녀를 알기만 해도 연락처는 물론, 다시 만날 기회가 전혀 없진 않을 것이다. 장수는 그간 복잡했던 머릿속이 한꺼번에 밝아지는 느낌이었다. 희미하지만 분명히 저쪽에는 불빛이 하나 있다. 장수는 그 불빛을 경건한 마음으로 기다려 보기로 했다.

"아카리는 오늘 언니랑 같이 자라. 네 방에선 장수 오빠가 잘 거야."

"엄마, 언니는 언제 와?"

"글쎄, 생각보다 늦어진다고 문자가 왔어. 아마 곧 올 거야."

밤 9시가 되었다. 9시밖에 되지 않았는데도 모두가 씻고 잠자리에 드는 분위기였다. 아카리뿐 아니라 어른들까지도. 이모네 집은 이곳보다 더 좁아서 장수를 재워 줄 수 없다고 했다. 그래서 아예 저녁 식사도 여기서 준비했다고. 과일을 먹으면서도 연신 하품을 해 대던 아카리는 별 군소리 없이 언니 방으로 들어갔다. 이모는 아줌마에게 장수를 잘 부탁한다고 하고 근처 자기 집으로 돌아갔다. 아카리가 자러 들어가면서 열린 방문 틈으로 유키의 방 안이 들여다보였다. 여자아이의 방. 장수는 또다시 야릇한 기분이 되었다. 우리 집 남자들 방과는 냄새부터가 다를 테지. 장수는 곧 아줌마에게 인사를 하고 아카리의 방으로 들어갔다. 여기저기가 핑크투성이였다. 왜 이맘때 여자아이들은 이다지도 핑크에 열광하는 것일까. 아닌가? 다 자란 여자들도 그런가? 알 수 없었다.

장수는 아카리가 구석구석에 늘어놓은 장난감들을 다치게 하지 않으려 조심스레 침대에 몸을 눕혔다. 조용하고 아담한 일본의 가정집에서 방에 혼자 있으니 기분이 묘했다. 일본에 유학 왔던 윤동주 시인도 이런 기분이었을까. 여간해선 잠이 올 것 같지 않았다. 자연스레 윤동주 시인의 시구 하나가 떠올랐다.

창 밖에 밤비가 속살거려
육첩방(六疊房)은 남의 나라.
〈쉽게 쓰여진 시〉 중에서

장수는 가방에서 휴대 전화를 꺼냈다. 그녀와 찍은 사진을 찾아볼 생각이었다. 사진 속에서 그녀는 활짝 웃고 있었다. 앞으로 다시 만나지 못한다면 영영 사진 속에서만 웃고 있을 사람이었다. 그런 생각을 하자 갑자기 이 모든 게 비현실적으로 느껴졌다. 장수는 이어폰을 귀에 꽂고 휴대 전화에 저장된 유이의 노래를 재생시켰다. 몇 년 전에 은퇴하고 자취를 감춘 후로 더 이상 그녀의 새 노래를 들을 순 없게 됐지만, 이미 발표된 노래들만으로도 장수는 좋았다. 그녀는 때로는 감미롭게 때로는 힘 있게 직접 기타를 치며 자기 노래를 불렀다. 그녀에겐 한국의 가수들에게선 찾을 수 없는 유약함 속의 강인함 같은 게 있었다. 그녀는 히트 여부와는 상관없이 고집스레 자작곡만을 불렀고, 자기 몸집의 수만 배는 될 법한 거대한 공연장에 홀로 서서 오직 기타 하나와 자신의 목소리로만 그 안을 가득 채웠다. 중학생 때부터 장수는 그녀의 노래에서 용기를 얻곤 했다. 일본 가요를 듣는다고 친구들에게 한동안 '매국노 엿장수'로 불리기도 했지만 장수는 개의치 않았다. 한참 동안 노래를 들으며 장수는 자연스레 도시샤에서 만난 그녀와 유이를 마치 같은 사람인 양 생각하기에 이르렀다. 그녀가 노래를 부른다면 꼭 유이처럼 부를 것 같았고 그녀 또한 유이의 팬일 거라는 상상도 하게 되었다.

잠시 후 장수는 몸을 일으켜 창문으로 바깥을 살폈다. 아카리의 방 창문은 마당 쪽으로 나 있었다. 마당은 어두웠지만 밤하늘에 구름이 없는지 밝은 달빛에 꽃들이 환하게 빛났다. 그때 마당 구석에 쪼그리고 앉아 있는 사람이 보였다. 처음엔 잘못 본 줄 알았다. 아까 보았던 고양이가 바닥에 발라당 누운 채로 배를 쓸어 주는 사람의 손길을 만끽하고 있는 걸 함께 보고서야 실제로 누군가가 있다는 사실을 확신했다. 얼굴을 볼 순 없었지만 장수는 알 수 있었다. 유키가 왔구나.

장수는 한동안 고양이와 유키의 평화로운 시간을 몰래 지켜보았다. 평화라는 말에 얼굴이 있다면 바로 이런 모습이 아닐까 하는 난데없는 생각이 들었다. 얼마가 지났을까. 이윽고 유키가 몸을 일으켰다. 넋을 놓고 있던 장수는 뒤늦게 침대 위로 후다닥 몸을 숨겼다. 방 안의 불을 꺼두어서 다행이었다. 들키진 않았겠지. 곧바로 현관문이 열리는 소리가 들렸다. 장수는 침대에 드러누워 턱 아래까지 이불을 끌어당긴 채 눈을 뜨고 바깥소리에 온 신경을 집중했다. 그런데 갑자기 방문이 왈칵 열렸다.

"아카리."

유키가 다정한 목소리로 자기 동생의 이름을 불렀다. 유키가 들어와서 거실 등을 켠 탓에, 불빛을 등지고 있는 유키의 실루엣만이 보였다. 하지만 유키는 아카리의 침대에 누워 놀란 눈을 뜨고 있는 장수의 얼굴을 똑바로 볼 수가 있었다.

"어, 미안해. 난 아카리가 아니고…."

장수는 자신이 무슨 말을 하는지 모르고 되는대로 말하고 있었다. 아카리가 아니라니. 너무나 바보 같지 않은가. 그 말에 유키가 푭, 하고 웃음을 터뜨렸다. 유키도 이제야 생각난 듯 머리를 긁적였다.

"아, 맞다! 네가 장수구나?"

장수는 이불을 걷어내고 일어서서 방 등을 켰다. 그동안 유키는 문 앞에 그대로 서 있었다. 장수가 불을 켜고 유키 쪽을 돌아보았다. 장수는 하마터면 비명을 지를 뻔했다. 눈앞에 서 있는 것은 유키가 아닌 바로 그녀였다.

"헉! 너는!"

장수의 반응이 이상하다고 생각했는지 유키는 장수에게 인사를 하려다 말고 뒤로 한발 주춤 물러섰다. 장수는 이게 꿈속이라는 생각을 했다. 어쩌다 잠이 든 걸까. 그녀 생각을 하다 잠들었으니 꿈속에 그녀가 나타난다고 해도 이상할 것은 없었다. 그때 유키가 말했다.

"우리 아까 만났었지? 우리한테 사진 찍자고 했던 애구나?"

유키 역시 장수를 알아보았다. 그제야 장수는 이게 꿈이 아니란 걸 알았다. 장수는 너무 놀라고 기뻐서 다리에 힘이 풀렸다.

"네가 유키?"

장수가 말했다.

"응, 맞아. 정말 이런 우연도 있구나."

장수는 마음속으로 수천만 번을 팔짝팔짝 뛰었다. 믿어지지 않았다. 하늘이 도왔다고밖에 할 수 없는 사건이었다. 유키는 아까 보았던 교복 차림 그대로였다. 그리고 가까이서 보니 밖에서 봤을 때보다 훨씬 예뻤다. 마치 상상 속의 인물을 만난 기분이었다.

유키는 장수의 마음을 알 길이 없었지만 하굣길에 있었던 일을 생생히 기억하고 있었다. 유키 또한 아까 그 남자아이가 장수라는 것에 신기한 마음을 감출 수 없었다. 학교에서 장수와 마주친 이후 친구들과도 장수네 일행에 관한 이야기를 줄곧 나누었으니까. 친구들은 한국 학생들에 대한 호기심으로 한동안 장수네 일행 중 누가 귀엽다는 둥, 누군 친절할 것 같다는 둥, 또 누군 한국 연예인 아무개를 닮았다는 둥 하며 수다를 떨어 댔었다.

장수가 집에 오기로 했다는 건 엄마에게 들어서 알고 있었지만 유키는 다음 달 열리는 청소년 연극제에서 맡은 일이 있었기 때문에 일찍 올 수가 없었다. 장수와의 재회는 친구들에게도 대사건이 될 것이 분명했다. 아마도 요즘 한류에 빠져 자신에게 한국어를 배우고 있는 절친 미쿠에겐 특히 더 그럴 것이었다.

유키가 씻고 옷을 갈아입는 동안 장수는 거실에 앉아 있었다. 장수의 머릿속에는 계속해서 두 단어로 된 말만이 맴돌았다. 유키가 그녀라니. 그녀가 유키라니. 그녀를 아는지 물어보기 위해 유키를 기다렸는데 유키가 바로 그녀라니. 나는 그녀를 기다리고 있었던 게 아닌가. 흐흐, 흐흐흐, 으하하하.

옷을 갈아입고 거실로 나오자 장수가 거실에 앉아 정신 나간 사람처럼 두 다리를 심하게 떨고 있는 게 보였다. 유키는 그게 너무나 웃겼지만 내색하지는 않았다. 그러다 유키는 연극제 준비로 너무 바빠 저녁을 먹지 못했다는 걸 떠올렸다. 집 안에 맛있는 냄새가 가득 차 있다는 걸 느끼자 허기가 더욱 심해졌다. 유키가 장수에게 말했다.

"넌 저녁 먹었겠지?"

장수는 유키가 어떤 의도로 하는 말인지 몰라 어리벙벙한 말투로 대답했다.

"먹었지 저녁, 나는, 맛있게…."

"그래… 나는 아무것도 못 먹었어. 늦게까지 연극 연습을 했거든. 난 편의점에 라면이라도 먹으러 갈 건데 혹시 라면 하나 더 먹을 수 있겠어?"

장수는 속으로 쾌재를 불렀다.

"다섯 개 먹을 수 있어!"

그리고 빛의 속도로 옷을 갈아입고 유키를 따라나섰다. 유키는 그런 장수의 모습에 계속해서 웃음이 났다.

도시샤대 사거리가 내려다보이는 편의점 2층이었다. 일본의 편의점은 대체로 한국처럼 음식을 먹을 수 있는 공간이 없었다. 그런데 몇몇 편의점은 2층에 그런 곳을 따로 두기도 한다는 걸 장수는 처음 알게 되었다. 그곳이 그랬다. 창밖을 보며 유키와 나란히 앉아

라면을 먹으면서 장수는 아까부터 자신의 입과 혀가 자꾸만 의도대로 움직이지 않는다고 생각했다. 그것들이 꼭 한 번은 사고를 칠 것만 같아 장수는 두려웠다. 배가 많이 고팠는지 어색해서인지 라면을 먹는 동안 유키는 한마디 말이 없었다. 장수는 점차 자신이 뭐라도 말해야 한다는 강박에 휩싸이기 시작했다. 장수는 온 힘을 다해 좀처럼 움직이지 않는 입을 뗐다.

"사진, 그 아까 찍었던 사진 말이야. 보여 줄까?"

장수의 말에 유키는 뜻밖에도 활짝 웃으며 관심을 보였다.

"응."

장수는 휴대 전화를 꺼내 유키에게 사진을 보여 주며 말했다.

"이거, 너한테 전송해 줄 수 있을 거 같은데… 메일 주소나 전화번호를 알려 주겠어?"

장수의 제안에 유키는 휴대 전화 번호를 알려 주겠다고 했다. 장수는 또 한 번 흥분에 휩싸였다. 어쩜 이리도 다정할까. 별일 아닌 것에도 장수는 그저 유키가 한없이 고마웠고 예뻐 보였다. 그러고 나자 장수와 유키는 각자의 학교생활이며 동아리, 한류 문화를 좋아하는 친구들에 대해 그리고 가수 유이에 대해 오랫동안 이야기를 나누게 되었다. 가수 유이에 대해서는 유키도 알고 있었다. 알고 있는 정도가 아니라 자신도 그녀의 팬이라고 했다. 장수는 뛸 듯이 기뻤다. 장수는 종종 '유이'를 '유키'라고 발음해 유키를 웃게

했다. '유키를 좋아한 건 오래 됐어.' 이런 식이었다. 그때마다 장수는 유키가 왜 웃는지 몰라 당황하곤 했다. 그러다 장수는 최근 오사카에서 일어난 한 사건에 대해 말을 꺼냈다.

"참, 너도 오사카 초밥 테러 사건 알고 있어?"

오사카 초밥 테러는 오사카에 있는 어느 초밥 전문점에서 한국인 관광객에게 지나친 양의 와사비(고추냉이)를 넣은 초밥을 내놓아 문제가 된 사건이었다. 당시 한국의 언론들은 이를 두고 일본의 혐한 분위기가 이런 방식을 통해 표출된 것이 아닌가 하는 식으로 보도했다. 혐한 분위기라는 것에 대해 많은 국민이 두려움을 느끼고 있는 게 사실이었다. 일본 여행 중에 어떤 식으로 또 차별이나 테러에 가까운 푸대접을 받게 될지, 그러잖아도 부침이 심한 한일관계가 이렇게 서로에 대한 증오로 얼룩지진 않을지에 대해 장수 또한 걱정이 많았다. 장수는 실제 일본인들은 어떻게 생각하는지가 궁금했다. 그런데 말을 꺼내 놓고 보니 이게 과연 그렇게 바라고 기다리던 유키에게 해도 괜찮은 질문인지가 더 걱정이었다. 여전히 혀가 말을 듣지 않는 상황이라며 장수는 후회했다. 그런데 유키의 반응은 의외였다.

"2020년에 일본에서 올림픽이 열린다는 걸 알고 있어?"

"응, 알아."

유키는 차분한 말투와 또렷한 눈빛으로 장수에게 말했다.

"얼마 전 그 사건에 대해서 대다수의 일본 사람은 분노하고 있어. 올림픽을 앞두고 좋은 이미지를 만들어도 모자랄 판에 그런 일이 일어났으니 국제적인 망신이란 거지. 어떤 사람들은 앞으로 그런 불미스런 문제를 일으키는 가게는 영영 퇴출해야 마땅하다고 말하고 있어."

"그…렇구나…."

"어디든 극단에 치우친 사람은 있게 마련이지. 하지만 그들은 결코 많은 사람에게 환영받지는 못할 거로 생각해. 더구나 그런 나쁜 쪽의 극단에 있는 사람들은 결코 일본을 대표할 수 없어."

유키가 이렇게 말하는 동안에 장수는 꼼짝없이 유키의 눈과 입에 집중해야 했다. 그동안 아무런 소음도 다른 생각도 끼어들 여지가 없었다. 그리고 어이없게도 장수는 유키의 또박또박한 한마디 한마디가 어떤 평화로운 노랫소리 같다고 생각했다. 유키는 유약함 속에 강인한 목소리를 담아내는 가수 유이와 똑같이 닮았다. 일본에서의 마지막 밤, 장수는 일본에서만 볼 수 있는 어떤 별을 만난 것 같았다.

한 걸음 더 깊이 들어가기

한류와 혐한

일본 오카야마 현에는 가라코오도리(당자춤)가 전해옵니다. 10세 전후의 남자아이 두 명이 북과 피리, 노래에 맞춰 춤추는 것으로 옷도 춤도 일본의 전통과는 사뭇 다른 느낌을 줍니다. 사실 당자춤은 조선 통신사를 따라간 조선 아이들(동자)의 공연으로부터 시작되었지요. 그 모습이 아주 신기하고 귀여웠던지 일본인들은 이 춤을 잊지 않고 따라 했고 수백 년을 거치며 일본의 전통공연으로 정착되었습니다. 한류를 근래에 일어난 일쯤으로 알고 있었던 우리에게 신선한 충격을 주는 역사적 사례지요.

그런데 역사 속에서는 한류의 조상쯤 되는 이야기가 꽤 많답니다. 고구려 벽화에 나타난 여인들의 의복 디자인이 일본에 유행한다든지, 백제의 것이라면 무엇이든 좋다고 해서 '쿠다라나이(백제 것이 아니다 ⇒ 하찮다. 시시하다)'라는 관용어가 생긴 것도 좋은 사례죠. 조선의 막사발이나 도자기 장인이 일본에서 아주 비싸고 귀하게 대접받은 것은 말이 필요 없는 유명한 일화고요.

하지만 문화라는 것이 일방적일 수는 없지요. 20세기는 오히려 우리가 일본 문화의 영향을 아주 많이 받게 됩니다. 근대 학문과 대중문화, 음식 문화 대부분이 일본에서 직간접적으로 전해졌어요. 이 시기에는 많은 사람이 일본을 미워한다면서도 'Made in Japan'과 일본 대중문화에는 열광하는 모순된 모습을 보였습니다.

21세기가 열리며 경제적으로 급속한 성장을 이룬 우리는 문화에서도 괄목할 만한 성과를 보입니다. 일본과 서양의 모방에서 한 발 더 나가 그들이 부러워할 만한 대중문화를 만드는 데 성공했습니다. 칼군무로 세계를 놀라게 한 아이돌과 걸그룹, 일본의 아줌마들을 설레게 한 '겨울연가', 특별한 콘셉트의 예능 등이 세계적인 콘텐츠로 인정받으며 수출되었습니다. 청소년부터 성인에 이르기까지 한국 대중문화에 대한 열광은 '한류'라는 말을 낳기도 했지요.

그러나 이 같은 한류의 확산은 때때로 한국인과 한국 문화를 싫어하는 '혐한' 풍조라는 어두운 면을 부각하기도 했습니다. 특히 한일 간의 역사 문제가 도마 위에 오를 때마다 일본 내에서는 한국 문화를 깎아내리고 한국인들을 무시하거나 심지어 공격하는 일들이 잦아졌습니다. 일본 정권이 우경화될수록 일본 정부는 이러한 혐한 풍조를 방조하거나 심지어 권장하는 분위기를 조장했습니다.

외국의 문화에 대한 선망이나 우려는 어느 시대에나 있었습니다. 그러나 현재 일본 사회의 혐한은 일부의 문제를 벗어나 교육과 사회보장 등의 영역에서 제도화되거나 정치권에 악용되면서 두 나라의 교류와 미래를 불안하게 하는 요소가 되었습니다. 일본으로 간 여행객들이 식당이나 관광지, 교통수단을 이용하면서 차별당하고 무시당했다는 이야기가 언론을 통해 심심찮게 전해지기도 합니다.

일본 내 의식 있는 시민들이 문제를 인식하고 개선을 위한 노력을 벌이고 있지만 혐한의 목소리는 점점 커지고 있는 상황입니다. 이럴 때일수록 일본 친구들에게 들려주고 싶은 말이 있습니다.

"양국은 성의誠義, 실의實義, 신의信義로써 사귀어야 한다."

'성신지교'의 정신을 외쳤던 아메노모리 호슈 선생(조선 통신사를 맞이한 일본의 외교관)의 말을 함께 되새겨 보고 싶다고요.

3. 소포친구

#바다가_육지라면

#동해와_일본해

#오해는_싫어

#달라도_너무_달라

#충격적인_과자

태어나 단 한 번도 바다를 본 적 없는 사람이 바다를 보고 싶어 한다면 바로 이곳에 데려와야 한다고 장수는 생각했다. 강원도 최북단 고성군에 있는 봉포리 해변. 이곳 바다는 그야말로 동해의 진수라 할 만했다. 그리 길지 않은 백사장이지만 파도 소리에 잠을 설칠 정도로 바다와 숙소와의 거리가 가까운 곳. 그리고 멀지 않은 곳에 관동팔경 중에서도 가장 단아한 아름다움을 간직하고 있다는 청간정이 자리하고 있다. 청간정은 문학 시간에 배운 정철의 〈관동별곡〉에도 신선이 놀다 갔으리라고 쓰인 절경 중 하나다.

그렇건만, 장수는 이곳의 절경에 뭔가가 빠져 있다고 느꼈다. 그리고 그것은 매우 중요한 것이라, 한순간에 이 절경을 의미 없게 만들기 충분했다. 이 바다 저편에 일본 열도가, 그 안에 아늑히 자리 잡은 교토가, 또 그곳에서 지금도 밝게 빛나고 있을 유키가 산다는 생각. 장수는 엄마의 지속적인 잔소리에도 유키와 함께 찍은 사진과 유키의 SNS 계정만을 들여다보며 시간을 보내고 있었다. 유키의 SNS 계정에는 지난여름 장수 친구들과 유키의 친구들이 함께 찍은 사진이 올라와 있었다. 거기에다 장수는 일본어로 '멋진 추억, 신기한 인연'이라고 댓글을 달았다. 그런데 유키는 거기에 대고 아직 한마디 답글도 달지 않은 상태였다. 장수는 그 점이 무척이나 못마땅했다. 서운한 마음을 숨길 수 없었다. '형식적으로라도 한마디 달아 주면 어때서….' 다만 유키가 장수뿐 아니라 아직 누구에게도 답글을 달지 않았다는 게 위안이라면 위안이었다.

"장수야, 이렇게 좋은 곳까지 와서 주야장천 핸드폰만 들여다보고 있을 거니? 그러고 있을 거면 그냥 집에 있지 뭣 하러 여기까지 온 거야."

장수는 속도 모르는 엄마의 잔소리에 한숨을 푹푹 내쉬다가 주머니에서 이어폰을 꺼내 귀에 꽂았다. 그리고 유이의 노래를 틀었다. 교토에서도, 한국으로 오는 비행기에서도 유키 생각을 하며 줄곧 듣던 'Good-bye Days'였다.

'그러니까 지금 널 만나러 가기로 그렇게 정했어… 주머니 속의 이 곡을 너에게 들려주고 싶어… 이어폰 한쪽을 너에게 건네….'

유키를 생각하는 자신의 마음을 어쩌나 잘 표현하는지 장수는 이 노래가 그렇게도 좋을 수 없었다. 아주아주 옛날 노래 중에 '바다가 육지라면'이란 노래가 있는데, 그 노래를 만든 사람의 마음도 알 것 같았다. 이토록 아름다운 바다건만 노래 제목처럼 장수에겐 하나의 장애물로밖에 여겨지지 않았다.

한국에 돌아온 후로 장수는 모든 신경이 유키에게만 쏠려 있었다. 어떤 생각을 하고 있어도 그 생각의 끝에는 유키가 붙어 달랑거렸다. 틈만 나면 유키의 SNS를 들여다보는 것은 물론 교토와 일본에 관한 책을 쌓아 놓고 읽으며 시간을 보냈다. 친구들은 그런 장수를 보며 시시덕거렸다. 특히 동호는 어서 빨리 고백해서 이 지긋지긋한 시간을 보상받으라고 재촉했다. 혼자서 속 끓이는 짓은 아무런 영양가도 없으며 일단 고백을 해야 상대방 역시 없던 마음이라도 차츰 생겨나지 않겠냐는 거였다. 하지만 장수는 아니었다. 이 시간만으로도 매우 즐거웠다. 유키의 마음을 알지 못해 괴로울 때도 있긴 했지만, 장수로선 이렇게 긴 시간을 한 사람만 생각하는 일이 처음이었고 그런 자신이 신기하기도 했다. 장수는 유키가 있는 쪽 바다를 향해 앉아 있는 이 시간 또한 무엇과도 바꿀 수 없는 시간이란 생각이 들었다.

그러다 장수는 고백까지는 아니더라도 지금 이 마음을 유키에게 그대로 전하고 싶다는 욕심이 생겼다. 일본에서 헤어질 때 유키의 메신저 아이디를 받아 두었기 때문에 언제든 마음만 먹으면 연락할 수 있긴 했다. 하지만 지금껏 해 본 적 없는 일이라 망설여졌다. 유키가 어떻게 생각할지, 귀찮아하진 않을지, 이상한 아이라 여기지는 않을지… 그런 걱정들로 간단한 안부 인사조차 건네지 못했다. 유키에게 어쩌면 장수 따윈 잊은 이름인지도 몰랐다.

동해에 오니
이 건너편에 있을
네 생각이 나네

장수는 용기를 내어 유키에게 메시지를 보냈다. 이 정도면 그리 닭살 돋지 않게 자기 마음을 전했다고 생각했다. 언제쯤 유키가 이걸 읽을지, 어떤 답을 보내 줄지 장수는 가슴이 두근거렸다. 그때부터 1분에도 몇 번씩 메신저 창을 여닫길 반복했다.

"장수야 제발…, 도대체 뭘 그렇게 보고 있는 거야!"

식구들끼리 밥을 먹는 동안에도 장수는 메신저 창만을 하염없이 바라보고 있었다. 장수는 엄마의 목소리와 성량으로 미루어 엄마가 곧 폭발하리란 걸 알 수 있었다. 뼛속까지 파고드는 고통의 풀파워 등짝 스매싱도 예상할 수 있었다. 그렇지만 어쩔 도리가 없었다. 그러지 말아야지, 마음먹는 동안에도 눈은 휴대 전화를 향하고 있었다. 그럼에도 메신저 창에는 여전히 '읽음' 표시가 나타나지 않았다. 환장할 노릇이었다.

시간이 흘러 거대한 설악산의 몸체에 그늘이 지고 있었다. 숙소에서 조금 떨어진 곳에 백사장과 맞닿은 카페가 있었다. 그곳에서 장수네는 한가로운 한때를 보냈다. 장수는 여전히 유키의 답장이란 굴레에서 벗어나지 못하고 있었지만 엄마와 아빠는 어느 때보다 여유로워 보였다. 엄마와 아빠는 서로 사소한 대화를 주고받다가 이내 장수의 학교생활과 진로에 대해 번갈아 물어 오기 시작했다. 메인 메뉴는 얼마 전 중간고사 때 바닥을 친 성적이었다. 지난번이 바닥이었다고 생각했는데 그 아래에 지하실이 있을 줄이야….

"떨어진 성적 올리기가 쉽지 않지?"

아빠가 말했다. 아빠는 늘 장수의 성적에 무관심한 듯 보였지만 진로에 대해선 그렇지 않았다. 아빠는 장수가 일본어를 스스로 공부할 정도로 일본 문화에 대해 관심이 많은 걸 알고 있었다.

"네, 하지만 노력하고 있어요."

"아직 시간이 많으니 너에게 맞는 공부법을 잘 찾아보렴."

"성적에 관심이 있긴 한 거니? 허구한 날 쓸데없는 일본 관련 책들만 보고 있으니…."

아빠와 달리 엄마는 장수의 성적에 관심이 많았다. 장수의 성적에 대해서라면 장수 본인보다 엄마가 훨씬 많은 관심을 가진 듯했다.

"쓸데없다뇨? 전 그렇게 생각 안 해요."

장수가 엄마의 말에 발끈해서 대답했다. 아빠가 갈등의 조기 진압을 위해 둘 사이에 다급히 끼어들었다.

"그러니까, 장수 넌 일본 관련 학과에 진학하고 싶은 거지?"

그런 아빠를 밀치고 엄마가 다시 불씨를 꺼내 들었다.

"그렇다 해도 성적이 나와야 말이지. 네 성적으론 우간다 관련 학과도 갈 수가 없어요! 알고나 하는 소리니?"

장수가 참지 못하고 맞불을 놓았다.

"엄마, 방금 하신 말씀은 명백히 특정 국가를 차별하고 문화 다양성의 가치를 부정하는 발언이네요."

아빠가 커진 눈으로 둘 사이를 가로막았다.

"맙소사, 우간다라니. 잠깐, 그건 당신이 잘못했네."

장수가 흥분을 가라앉히고 말했다.

"전 일본에 있는 대학에 진학하고 싶어요."

그러자 이번에는 엄마와 아빠의 눈이 동시에 커졌다. 아빠가 물었다.

"일본에 있는 대학? 정확히 가고 싶은 데가 있는 거야?"

장수는 '유키가 가는 곳으로요.'라 말할 뻔한 것을 꾹 참았다.

"아뇨, 아직. 하지만 꼭 일본에서 공부하고 싶어요. 그래서 앞으론 성적에도 신경 쓰려고요."

그 말을 듣자 엄마는 다소 진정하는 듯 보였다. 그러고 있는 사이 해가 저물고 동해의 빛깔도 변해 갔다. 장수는 유키의 답장을 거의 포기하기에 이르렀다. 그러다 무심코 휴대 전화의 메시지 창을 확인했을 때 장수는 앉은 자리에서 펄쩍 튀어 오를 뻔했다.

'읽음'

사람이 단 두 글자에 이렇게 흥분할 수 있다는 게 신기했다. 그리고 메시지가 떴다. 유키였다.

♡유키♡

응? 동해가 어디야?

동해 건너에 내가 있다고?

장수는 이해하기가 어려웠다. 동해를 모른다니… 그럴 수가 있나? 장수는 곧바로 메시지에 답했다.

너랑 나 사이에

동해가 있는 거지.

내가 지금 동해안

어느 해변에 와 있거든

'읽음'

♡유키♡

한반도의 동쪽 해안이라면…

이번에는 바로 '읽음' 표시가 떴고 곧 답장이 찍혔다. 드디어 유키와 대화하고 있는 것이었다. 하지만 뭔가 찜찜했다. 현실의 유키가 아닌 평행우주 속의 유키인 걸까. 현실에 존재하는, 아니 눈앞에 버젓이 바라다보이는 동해를, 전혀 처음 듣는다는 투로 유키는 말하고 있다.

♡유키♡

혹시… 일본해(Sea of Japan)를

두고 말하는 건가?

장수는 아차 싶었다. '그렇구나, 일본해…. 유키와 나는 같은 바다를 두고 서로 다르게 부르고 있었구나.' 장수는 순간 어쩔 수 없는 반일 감정이 치밀어 오름을 느꼈다. 왜일까? 이 문제에 대해 왜 자연스레 이런 감정이 생겨나는 걸까. 장수는 유키와 좋은 관계를 만들어 가고 싶은 마음에 앞서 이런 생각이 끼어드는 이유를 몰라 혼란스러웠다. 이에 대한 답을 찾으려면 오랜 시간이 필요할 거란 생각이 들었다. 장수는 당장 여기에 관한 대화를 이어 가기보단 가능하다면 조금 뒤로 미뤄 두고 싶었다. 얼마 만에 나누는 유키와의 대화인데 이렇게 어색한 상태로 계속 둘 수는 없었다.

아냐 아냐, 아니, 맞아 맞아
내가 여기 있다는 게 중요한 거지.
여기 있다 보니 네 생각이 났단 거야.
잘 지내고 있지? ^^

다행히 유키는 바로 읽고 답해 주었다. 장수는 휴, 하고 한숨을 쉬었다.

♡유키♡
응, 넌 어때?
여긴 이제 본격적인 가을 날씨야.
곳곳이 예쁜 단풍으로 물들었어.
너도 교토의 가을을 보러 오면 좋을 텐데.

장수는 뛸 듯이 기뻤다. '교토의 가을'이라. 그건 분명 세상에서 제일 멋진 말 같았다. 유키도 나를 보고 싶어 한단 건가. 장수는 두근거리는 가슴에 손을 대보았다. 새까맣게 변한 밤바다의 수평선에 오징어 조업선의 집어등이 하나둘씩 새벽별처럼 늘어서고 있었다. 장수는 생각했다. 동해든 일본해든 한국과 일본 두 나라가 친하게 지내는 것보다 중요한 일은 없을 거라고. 그걸 먼저 두고 생각할 때, 두 나라 모두가 만족할 만한 바다의 이름도 정할 수 있을 거라고.

교토의 가을을 보러 갈 순 없지만
언젠간 반드시 난 너와 가까운 곳에서
살게 될 거야

장수는 이렇게 메시지를 썼다가 지우고 미소를 지었다. 유키를 만날 수 있다면 성적을 올리는 일이 대수랴.

그로부터 며칠 후 유키에게 먼저 연락이 왔다. 늘 장수가 먼저 보낸 메시지에 답이 왔을 뿐 이런 적은 처음이었다. 유키는 뜻밖의 제안을 했다.

♡유키♡
우리 '소포친구'가 되면 어떨까?

재밌을 것 같은데. 넌 어때?

'소포친구'라니…. 장수는 그게 뭔지 몰라 인터넷을 뒤져 보았다. 다행히 어느 블로그에서 그 뜻을 쉽게 찾을 수 있었다. 거기엔 일본 아이들이 각기 다른 지역에 사는 또래와 펜팔 친구를 맺고 편지나 소포를 주고받는 문화가 있다고 설명되어 있었다. 그런 걸 펜팔친구 혹은 소포친구라 한다고 했다. 굳이 소포를 주고받는 이유는, 일본은 지방마다 그 지방 특유의 먹거리, 특산품들이 워낙 다양해서 그것들을 주고받는 일이 주는 재미가 꽤 쏠쏠하다는 것이었다. 장수는 유키의 은혜로운 제안을 결코 거절할 수 없었다. 용돈을 모두 털어서라도 유키가 필요한 것들을 챙겨 주리라 맘먹었다.

네가 필요한 건 뭐야?

뭐든 말만 해.

전국을 다 뒤져서라도

구해 줄게

장수는 유키의 사정을 알 리 없었다. 사실 소포친구는 유키의 절친한 친구인 미쿠의 제안이었다. 미쿠는 한국 드라마와 어느 한류 스타의 광팬이었다. 유키에게 장수라는 또래 한국 친구가 생겼다는 사실을 알고부터 미쿠는 거듭해서 유키를 종용했다. 장수와 유키가 소포친구가 되고 나면 자신이 대신해서 소포를 부치고 장수에게선 필요한 한국 물건들, 주로 한류 기념품 같은 것들을 부탁하고자 했던 것이다. 장수가 보기 좋게 걸려들었단 걸 알고 미쿠는 돌고래 울음 같은 괴성을 지르며 좋아했다. 그걸 보고 유키는 살짝 걱정이 되었다. 장수에게 거짓말을 하는 것도 그랬고, 미쿠가 장수에게 자기 대신 소포를 어떻게 꾸려서 보낼지 알 수 없었기 때문이었다. 하지만 미쿠가 너무도 적극적이어서 어쩔 도리가 없었다. 유키는 장수의 주소를 알아내 미쿠에게 전달했다.

"너무 걱정 마. 알고 있어. 네 이미지를 고려해 달란 거지? 너도 장수 군에게 잘 보이고 싶은 거지?"

미쿠가 유키의 등을 토닥이며 다 안다는 듯이 말했다. 어쩌면 그런 태도가 더 걱정스러운 대목이었다. 어쨌든 이런 사정으로 미쿠와 장수 간의, 겉으로는 유키와 장수 간의 '소포친구'가 시작되었다. 미쿠는 자신이 좋아하는 과자들과 교토에서만 파는 몇 가지 기념품들을 상자 안에 챙겨 넣었다. 소포는 미쿠가 먼저 보내기로 했다.

장수는 사정도 모르고 유키가 먼저 소포를 보내 준다는 사실에 마냥 들떠 있었다. 상자 안에 어떤 물건이 들어 있을지는 전혀 궁금하지 않았다. 단지 그것들을 직접 고민하고 꾸리고 부칠 유키의 모습을 상상하는 일이 지금껏 살아온 인생 중 가장 행복한 일이란 생각뿐이었다. 그러는 동안 장수는 꾸준히 유키와 연락을 주고받게 되었다. 그것도 한없는 행복이었다. 멀리 떨어져 있어도 서로의 존재가 이토록 가깝게 느껴질 수 있다니. 놀랍고도 소중한 경험이었다. 당장에라도 이런 경험을 하게 해 준 유키에게 달려가 마음껏 안아 주고 싶은 심정이었다.

소포는 생각보다 일찍 도착했다. 유키가 부쳤다던 날로부터 3일 만에 장수네 집에 도착했다. 장수는 소포를 열어 보던 그 순간을 영원히 잊을 수 없을 것 같았다. 소포 속에는 여러 종류의 과자와 초콜릿, 그리고 일본의 문구점에서 구했을 법한 노트 같은 학용품들이 있었다. 그리고 엽서… 장수는 도대체 이게 꿈인가, 했다. 현실이라기엔 너무나도 벅찼다. 유키는 소포뿐 아니라 직접 손으로 눌러쓴 엽서 한 장을 넣어 보낸 것이다. 엽서의 앞면은 교토에 있는 킨카쿠지(금각사)의 사진이었다.

장수야 안녕, 유키야.
이렇게 소포친구가 되어 주어서 기분 최고야!
앞으로 많은 걸 부탁할 건데

잘해 주길 바라.
첫 번째 미션은 영화배우 A가 운영하는 커피숍.
거기에서만 파는 머그잔이 있어.
많이 비싸진 않다고 들었어.
하지만 부담될 수도 있으니 딱 한 개만 보내 줘.
그럼 시간 내 교토에도 놀러 와.

교토에 놀러 오라는 말은 이번이 두 번째. 유키가 정말 자신을 보고 싶어 하는 건 아닐까. 미쿠가 쓴 엽서라는 걸 알 리 없는 장수는 엽서의 다른 내용은 별로 눈에 들어오지 않았다. 다만 유키가 자신을 보고 싶어 할지도 모른다는 사실만이 중요했다. 또 유키가 원하는 거라면 뭐든 다 구해 주리라 마음먹었다. 첫 미션은 쉽군. 머그잔이라니, 게다가 집에서도 그리 멀지 않은 곳이었다. 그런데 장수는 의아했다. 유키가 좋아한다던 한국 배우가 하나 있긴 했었다. 그런데 그게 A는 아니었다. 그동안 취향이 달라졌나. 달라도 너무 다른데. A는 장수와는 너무 다른 스타일인 것이다. 장수의 눈은 길고 축 처진 편인데 A는 부리부리하고 쌍꺼풀진 큰 눈을 가졌다. '아…, 저런 외모를 좋아했었나. 나와는 한참 거리가 먼데….' 장수는 유키의 엽서로 한동안 희망과 절망이 엎치락뒤치락했다. 하지만 연예인은 연예인일 뿐, 하며 금세 마음을 고쳐먹었다. 무엇보다 앞으로 유키와 이런 사이가 될 수 있어 너무나 행복한 날이었다.

유키는 조바심이 났다. 미쿠와 시간이 맞지 않아 미쿠가 장수에게 보냈다는 소포의 내용물을 직접 확인하지 못했던 것이다. 원래는 부치기 전 반드시 유키에게 보여 주기로 했는데 그날 미쿠는 들뜬 나머지 유키를 기다리지 않고 바로 우체국으로 향했었다. 유키가 물었다.

"미쿠, 어떤 걸 부쳤다고 했지?"

"신경 쓰지 마. 잘 알아서 보냈어요. 널 생각해서 다정하게 엽서도 한 장 썼으니까."

유키는 깜짝 놀랐다.

"뭐? 엽서? 엽서엔 뭐라고 썼는데?"

"별말 안 썼어. 잘 기억은 안 나는데, 내가 필요한 것들이랑, 그리고 교토에 놀러 오라고 했던가?"

유키는 절망적이었다. 애초에 이런 걸 시작하면 안 되는 거였다. 그렇다고 이렇게 신나 보이는 미쿠에게 시작하자마자 끝내라고 하는 것도 말이 안 되는 일이었다. 하지만 매번 이토록 조바심이 나는 일이 된다면 미쿠와의 관계도 달라질 게 분명했다. 무엇보다 미쿠로 인해 장수와의 사이에 괜한 오해가 생기진 않을지 유키는 걱정이 이만저만이 아니었다.

"미쿠, 그만둘 순 없겠지?"

유키가 조심스레 물었다. 미쿠의 마음을 상하게 하는 건 유키 역시 원하는 바가 아니었다.

"에? 이제 막 시작했는걸? 그리고 꼭 갖고 싶은 물건이 있단 말이야. 왜, 내가 장수 군에게 별다른 말이라도 했을까 봐? 그런 일 없어. 앞으로는 부치기 전에 꼭 너에게 보여 줄게. 응?"

어쩔 수 없는 일이었다. 앞으로 반드시 내용물을 보여 달라는 부탁을 거듭한 후에야 유키는 다소 마음을 진정할 수 있었다.

유키는 장수에 대해 이토록 신경 쓰고 있는 자신이 신기했다. 어떨 땐 '아무렴 어때?' 싶다가도 결국엔 그렇게 쉽게 생각할 수 없다는 결론이었다. 유키는 장수와 오랫동안 좋은 친구로 서로 알아가고 싶었다. 장수 덕에 한국이라는 나라가 돌연 낯설게 느껴졌다가 친근해지길 반복했다. 유키는 사람을 알아가는 일이 때로는 그가 속한 모든 걸 함께 알아 가는 일이라고 느꼈다. 그리고 그런 생각이 들게 만든 장수가 고마웠다.

장수는 유키가 부탁한 걸 구하기 위해 카페로 가는 길에 최근에는 잘 들여다보지 않았던 유키의 SNS 계정을 열어 보았다. 그런데 이게 어쩐 일인가. 교토에서 함께 찍은 사진에 유키가 드디어 답글을 단 것이다.

Jangsoo '멋진 추억, 신기한 인연'

└→ yuki 응, 정말 그렇지? 언젠간 또다시 만들 날이 오겠지?

'세상에 어쩜 이리도 예쁠까, 유키는.' 장수는 그 화면을 캡처해 두고 그 후로도 오랫동안 보고 다녔다. 아쉽게도 가을이 가고 있었다. 교토의 가을은 못 보더라도 유키가 정성스레 보내 준 교토의 과자들을 맘껏 먹으며 장수는 행복한 날들을 보냈다. 장수는 날아갈 듯한 기분으로 주머니 속에 넣어 다니던 과자를 하나 뜯어 한 입 베어 물었다.

"으악! 퉤퉤퉤!"

순간 장수는 입에 들어간 과자를 모두 뱉어냈다. 놀랍게도 과자에선 청국장 맛이 났다. 갑작스러운 불쾌감에 얼굴의 모든 근육이 경련하는 듯했다. 어떻게 과자에서 청국장 맛이 날 수 있는 거지… 충격이었다. 서로를 알아간다는 건 이렇게 힘든 일이구나, 장수는 생각했다.

한 걸음 더 깊이 들어가기

영원한 평행선? 동해와 일본해

UN의 공식 지도 서비스에는 동해가 일본해(SEA OF JAPAN)로 표기되어 있습니다. 세계인이 가장 많이 사용하는 구글 지도 역시 동해의 표기는 오간 데 없고 일본해로만 되어 있지요. 미국 정부 기관의 지도 역시 크게 다르지 않습니다. 우리로서는 분통 터질 일이나 이렇듯 국제 사회에서 동해가 일본해가 된 것은 그리 오래된 일은 아닙니다. 사실 두 나라 사이의 바다이니 수천 년간 서로가 편한 대로 부른 것이 근대 이전의 역사였습니다. 불편함도 논쟁도 없었습니다. 당연한 일이었겠죠.

그러나 1921년 국제수로국이 탄생하고 다년간의 논의 끝에 1929년 《해양과 바다의 경계(S-23)》라는 책자가 발행되며 '일본해'는 유일한 정식 명칭으로 인정받게 되었습니다. 열강인 일본의 주장이 국제 사회에 영향력을 발휘했기 때문이죠. 그 후로 《해양과 바다의 경계(S-23)》의 제2판(1937)과 제3판(1953)이 각각 발간되었는데, 우리나라는 식민 지배와 6·25전

UN 북한 지도의 함경북도 해역에 표시된 바다 이름, SEA OF JAPAN

쟁으로 인해 논의에 참여할 수 없었습니다.

하지만 두 나라 아니 여러 나라로 둘러싸인 바다란 지구 곳곳에 존재합니다. 따라서 어느 한 나라나 지역에 유리한 명칭은 쓸 수 없다는 인식이 힘을 받게 되었습니다. 특히 방향을 나타내는 동해나 서해, 남해 또는 특정 국가의 명칭이 들어간 표현은 당사국 간의 협의를 통해 변경하게 되었습니다.

1991년 유엔 가입 후 우리는 일본에 동해와 일본해를 함께 쓰자는 주장을 펼쳤습니다. 역사 기록과 고지도를 통해서도 동해는 이미 수천 년 전부터 널리 쓰인 표현이므로 둘을 병기(함께 표현하는 것)함이 국제 규범에도 맞는다는 것이지요. 하지만 일본은 이미 확립된 표현이므로 '일본해' 외의 어떤 표현도 수용할 수 없다는 입장을 고수했습니다.

일본은 왜 국제 규범에도 맞지 않는 주장을 굽히지 않는 것일까요? 여러분도 쉽게 짐작되겠지만 '일본해'를 접하는 사람들은 자연스럽게 동해를 일본의 바다로 생각하고 그 사이에 있는 섬들도 일본의 영토로 여길 것입니다. 그러니 '일본해'라는 표현은 독도의 영유권 문제에도 많은 영향을 끼칠 수밖에 없겠죠. 일본이 고집한다고 해서 그냥 두고 볼 수 없는 이유가 여기에 있습니다.

그렇다고 해서 우리가 부르는 '동해'도 '일본해'를 대체할 수 있는 대안이라 보기는 어렵습니다. 일본으로서는 자기네 '서쪽 바다'를 한국의 '동해'로 부른다는 것은 상식적으로 받아들일 수 없는 문제이기 때문이죠. 좋은 대안은 없을까요? '동해와 일본해'를 함께 쓰는 것이 현실적으로 어렵다면 새로운 이름을 공동으로 연구해 볼 수도 있지 않을까요? 서로가 불러 왔던 명칭을 고집하기보다 미래를 위해 새롭게 부를 이름 말이죠. 이를테면 '화해의 바다', '교류의 바다' '미래의 바다' 같은 표현 말입니다.

한일 양국의 청소년들이 머리를 맞댄다면 더 기발한 아이디어가 나오지 않을까요? 여러분의 활약을 기대해 봅니다.

4. 사과

#진짜_공부

#청소년_일본_전문가

#과학(적인)_선생님

#뉴페_미쿠

#동호의_반격

#연애를_하고_싶은_게_맞나

기나긴 시간이었다. 뭘 하며 보냈는지 잘 기억도 나지 않는 시간. 아니지. 그동안 유키에게 다섯 개의 소포가 왔고 장수도 그만큼을 보냈다. 하지만 장수는 도통 유키의 마음을 확인할 수 없어 괴로웠다. 유키는 소포에다 갖가지 기념품들과 과자들을 담아 보냈고 자신이 필요한 것들이 적힌 쪽지를 넣어 보냈을 뿐, 그 외에 어떤 자기감정도 드러내지 않았다. 처음엔 소포를 주고받는 일만으로도 장수는 충분히 행복했다. 하지만 서로에게 별다른 감정 없이 주고받는 소포가 무슨 의미가 있을까, 장수는 그 점이 줄곧 불안했고 두려웠다. 사람을 좋아한다는 건 시작부터 이렇게 아픈 일일까. 지나친 욕심이 자신을 조바심 나게 만드는 건 아닌지 장수는 생각하고 또 생각했다.

겨울 방학이 시작되던 날 장수는 엄마께 미리 말씀드린 일본행에 대해 다시 한번 확인을 받아야 했다.

"오까아상, 스미마셍가… 이카가오모이아루카…?"

"우리말로 해라."

"아, 죄송해요, 이제 마구 튀어나오네. 일본 여행, 어떻게 생각하시냐고요…."

"가라니깐? 네 용돈 털어서. 아니 그런데, 교토 이모가 연말에 유키랑 같이 서울에 온다고 하는데 왜 그 전에 네가 가야 하는 건지 이해가 안 된다."

장수는 속으로 자신도 그게 이해가 안 된다고 생각했다. 하지만 사랑은 마음이 시켜서 하는 일이란 말도 있지 않은가. '어머님, 이건 분명 머리가 아니라 제 마음이 시키는 일입니다!' 장수는 자신의 머릿속에 떠오르는 이런 말들에 혼자 손발이 오글거렸다.

어쨌건 엄마의 허락은 얻은 셈이니 이제부터 차근차근 일본 여행을 준비해야 했다. 그날부터 장수는 기대감으로 잠을 설쳤다. 이번 일본행은 다른 어떤 목적의 여행과는 비교할 수도 없을 만큼 장수를 흥분시켰다. 바다 건너 타국에 있는 사랑을 찾아가는 여행은 얼마나 벅차고 감미로운 일인가.

장수는 교토는 물론, 인근에 있는 나라, 고베, 우지, 오쓰 등의 도시에 대한 정보도 닥치는 대로 섭렵해 갔다. 그곳들에 직접 가보지 않은 사람 중에선 세상에서 가장 많은 걸 알고 있는 사람이 되는 게 목표였다. 혹시라도 유키와 그곳들에 가게 된다면 유키보다 많은 걸 알고 있어야 한다고 생각했다. 책들을 읽는 동안 마음은 벅차올라 터질 것 같았지만, 정신만큼은 책 속의 내용을 죄다 씹어 삼킬 듯했다. 역시 공부의 핵심은 학습 동기라는 생각이 들었다. 동기가 확고한 만큼 능률은 치솟았다. 지루하지도 않았고 오히려 그렇게 재미있을 수 없었다. 책들을 통해 새로 알게 된 것들에 무릎을 쳐 가며, 유키에게 꼭 말해 주고 싶은 내용은 따로 노트에 옮겨 써 가며 장수는 차츰 청소년 일본 전문가가 되어 가고 있었다.

장수는 일본 역사도 함께 공부했다. 일본은 알면 알수록 매력적인 나라였다. 매력이란 건 딴 게 아니라, 자신과 같으면서도 미묘하게 다른 어떤 지점에서 생겨나는 것이라는 생각도 들었다. 일본과 우리 사이에 주고받은 문화들, 그것을 새롭게 일본식으로 변형시켜 자리 잡은 문화들이, 중국과 우리 사이에 있었던 일들과 크게 다를 바가 없었다. 누구나 좋은 것들을 경험하면 그것을 추구하게 마련이고, 그 속에서 자연스레 자기식의 변형과 재창조가 일어나며, 결국엔 자기들에게 가장 좋은 것들만 남게 된다. 문화라는 건 일정한 방향으로 물 흐르듯 흘러가는 게 아니라 마치 살아 있는 생명체의 움직임과 같아 보였다.

장수는 일본 역사를 공부하며 그 속에 깃들어 있는 백제인의 숨결과 조선인들의 눈물을 보았다. 그리고 한때 두 나라 사이에 있었던 평화와 우호의 시절을, 그 후에 나타난 반목과 악감정의 뿌리도 보았다. 그 모든 걸 단숨에 간단히 정의할 순 없었지만, 적어도 지금까지도 이어지고 있는 두 나라의 굴곡진 역사와 외교 관계에 대해 희미하게나마 자신이 조금씩 더 깊어지고 있다는 느낌이었다. 공부다운 공부는 이런 게 아닐까, 생각하며 장수는 자신을 대견해했다.

그러던 어느 날 교토에서 놀라운 소식이 날아왔다. 유키가 교토 이모와 함께 서울에 온다는 것이다. 원래 연말에 오기로 되어 있었지만 일정이 훨씬 앞당겨졌다고 했다. 마지막 소포에서도 그런 얘긴 없었는데…. 어쩌다 일정이 당겨졌는지 알 수 없었지만 그게 무슨 상관인가. 장수는 엄마에게 그 말을 듣고 두근거리는 가슴을 진정시키기가 어려웠다.

다만 유키가 도착하는 날 장수는 학교에 가야 했다. 유키네 학교가 장수네보다 방학 시작이 며칠 더 빨랐다. 그리고 일본 학교들은 겨울방학이 단 2주밖에 되지 않았다. 그런 사정으로 유키는 방한 일정을 서두른 것이었다. 장수는 그간 공부한 것들을 써먹을 기회가 미뤄진 것이 실망스러웠지만, 기대보다 유키를 일찍 보게 되어서 마냥 좋았다. 일본행이 다소 미뤄지더라도 그만큼 유키를 일찍 볼 수 있다는 사실만이 중요했다.

유키가 도착하던 날은 여러 가지로 일이 꼬였다. 일단 날이 몹시 추웠다. 교토의 겨울 기온은 보통 서울보다 8~9도 정도 높아 따뜻하다. 등굣길에 장수는 그런 교토에서 날아올 유키가 서울의 강추위에 힘들어하진 않을까 걱정이 되었다. 유키는 오후 3시에 인천공항에 도착하게 되어 있었다. 장수는 학교에서 내내 유키 생각뿐이었다. '지금쯤 출국 수속 중이겠지, 이젠 비행기에 올랐으려나, 따뜻하게 입었어야 할 텐데….' 그런 생각을 하는 동안 장수의 머릿속엔 오사카 간사이 공항 곳곳과 비행기 내부, 그리고 인천공항 입국장까지의 동선이 마치 한 편의 영화처럼 떠올랐다. 수업에 집중이 될 리 없었다.

쉬는 시간에 유키의 입국 소식을 전해 들은 동호는 장수보다 들떠 있는 것 같았다. 동호는 유키가 혹시라도 일본 친구들을 데리고 오진 않을지에 대해 궁금해했다. 아니 확신하는 눈치였다. 장수는 그런 동호를 날파리 쫓듯 밀어내며 말했다.

"데려오면 뭐 어쩌려고? 쓸데없는 기대하지 마라. 그런 얘긴 전혀 없었으니까."

그럼에도 동호는 장수의 말에는 아랑곳하지 않고 말했다.

"만약에, 만약에라도 데려온다면 날 빼놓을 생각 마라. 그랬다간 너 다신 안 본다. 분명히 말했어!"

장수는 동호의 으름장에 신경 쓸 겨를이 없었다. 시계를 보니 유키가 이제 막 한국 땅을 밟았을 시간이었다. 그때 장수에게 계속 눈을 두고 있던 과학 선생님이 수업을 멈추고 말했다.

"장수야, 너 이리 나와 봐."

하지만 장수는 듣지 못했다. 정확히는 장수만 그걸 듣지 못했다. 바로 뒷자리에 앉은 동호가 장수의 등을 툭툭 쳤다. 장수가 동호를 돌아보고 짜증을 내며 소곤거렸다.

"왜! 아놔, 안 데려온다고!"

"장수야아."

선생님이 굳어진 표정으로 낮게 말했다. 장수는 그제야 문제가 생겼다는 걸 알았다. 보통 문제가 아닐 것 같았다. 하지만 선생님의 해법은 의외로 간단했다. 역시 과학 선생님다운 해법.

"너 이따 수업 끝나고 교무실 청소하러 와라잉."

장수는 세상 모든 게 끝난 듯 힘없이 대답했다.

"네에…."

교무실 청소를 수업 중에 틈틈이 할 순 없을까, 하는 말도 안 되는 생각만 머릿속을 맴돌았다. 그런 장수의 등을 동호가 쓸어 주었다. 그러면서 기분 나쁜 음성으로 속삭이는 것이었다.

"데려올 거야. 두고 봐."

방과 후 장수는 학교 교무실이 이토록 넓었었나, 새삼 놀랐다. 청소는 영원히 끝날 것 같지 않았다. 마치 끊임없이 굴러떨어지는 바위를 밀어 올리는 시시포스가 된 기분이었다. 장수가 교무실 청소를 마쳤을 땐 이미 유키가 집에 도착했을 시간이었다. 장수는 학교에 세워 둔 자전거에 올라타고 마치 오토바이를 몰 듯 질주했다. 교문을 빠져나가는 장수의 등 뒤에서 동호가 외쳤다.

"데려왔을 거야! 연락해라, 엿장수!"

끈질긴 놈. 동호를 돌아볼 새도 없이 장수는 죽을힘을 다해 페달을 밟아 댔다. 과연 자신의 발이 페달을 밟아 자전거가 나아가는 게 맞는지 의식이 되지 않았다. 한 번도 쉬지 않고 페달을 밟아 집까지 왔지만 다리가 아프지도 않았다.

허겁지겁 가쁜 숨을 몰아쉬며 현관문을 열자 낯선 냄새가 콧속으로 훅, 하고 끼쳐 들었다. 집 안이 온통 그 냄새로 가득했다. 이걸 뭐라 설명할 수 있을까. 유키가 오긴 온 것이다. 거실 한편에 세워진 유키와 이모의 것으로 보이는 여행 가방이 눈에 들어왔다. 그리고 연이어 들려오는 유키의 웃음소리. 장수는 자신이 어떤 표정을 짓고 있는지 거울을 보고 싶었지만 미처 그러기 전에 엄마가 장수를 불렀다. 엄마는 식탁 의자에 앉아 있다 살짝 일어선 유키의 등을 떠밀며 말했다.

"옜다, 이놈아. 유키."

짓궂은 엄마의 얼굴이 순간 마녀처럼 보였다. 장수는 엄마가 자기 마음을 훤히 들여다보고 하는 말인 줄 알아차리고 얼굴이 귀까지 빨개져 버렸다.

"이, 이모 안녕하세요?"

유키와 눈이 마주쳤지만 장수는 이모에게 먼저 인사를 했다. 유키한테는 손을 들어 보이며 모기 같은 목소리로 '오히사시부리네(오랜만이야).' 했을 뿐이었다. 장수는 얼굴뿐 아니라 온몸이 빨갛게 물들어간다고 느꼈다. 이러다 하나의 빨간 점이 돼 버리는 건 아닐까. '아… 왜 이런 순간에 자신은 좀 더 자연스레 대처할 수 없을까. 좀 더 어른스럽게, 점잖게, 남자답게….' 장수는 자신의 어쭙잖음을 원망했다. 그런 장수의 모습을 보고 이모와 엄마가 와하하, 웃음을 터뜨렸다. 유키 또한 얼굴이 약간 발그레해지며 작게 말했다.

"나제 안나노까나(왜 저런담)?"

이 말을 들은 장수는 몸 둘 바를 몰라 했다. 그때 욕실 문이 열리며 누군가가 나왔다.

"아, 장수 군!"

처음 보는 아인데 내 이름을 알고 있다니, 장수는 반사적으로 동호의 얼굴이 떠올랐다. 동호가 하루 종일 노래 부르던 유키의 친구가 온 것이었다. 유키와는 전혀 다르게 생긴 전형적인 일본 여고생의 모습. 곧 유키가 장수에게 친구를 소개했다.

"내 친구야, 이름은 미쿠라고 해."

미쿠도 장수를 향해 머리를 숙이고 인사했다.

"하이! 도조, 요로시꾸(안녕! 잘 부탁해)."

장수가 여전히 원숭이 엉덩이 같은 빨간 얼굴로 말했다.

"응 난 동호, 아니, 내가 장수야."

그 말에 미쿠가 큭, 하고 웃음이 나오는 입을 틀어막았다. 미칠 노릇이었다. 왜 유키 앞에만 서면 입이 제멋대로가 되는 건지 알 수 없었다. '동호라니, 바보가 아니고서야….' 장수는 이래서는 앞으로 또 어떤 곤란한 일이 생길지 모른다고 생각했다. 그래서 급한 마음에 동호에게 연락을 해야겠다고 마음먹었다. 그게 올바른 선택일지는 중요하지 않았다. 지금으로선 판단할 수도 없었다.

"장수야, 우린 너만 믿으면 되는 거지? 유키는 아주 어릴 때 와 보고 서울이 처음이라, 어디든 장수 네가 가자는 대로 따라다니겠대. 여기 있는 미쿠도 잘 부탁하고…."

교토 이모가 말했다.

"그럼요. 믿고 맡겨 주세요 하핫. 근데 이모는요?"

엄마가 대신 대답했다.

"이모는 엄마가 알아서 할 테니까, 장수 넌 유키랑 미쿠만 잘 맡아 줘. 네가 학교에 가 있는 동안엔 엄마가 책임지고, 학교 마치면 네가 알아서 하루에 한두 군데씩만 다녀 보는 거로 하면 되지 않을까?"

"하하, 아녜요. 학교에는 벌써 체험학습 신청서를 내놨어요. 낼이랑 모레요."

"장수 너!"

"아, 제가 말씀을 안 드렸었나?"

장수는 그 길로 집 밖으로 도망쳐 나왔다. 그러고는 집 앞에서 동호에게 전화를 걸었다.

"동호야, 내일 오후에 학교 끝나면 보자."

예상대로 동호의 반응은 폭발적이었다.

"왔구나아! 온 거지? 내가 뭐랬냐, 데려온댔지? 크하하하."

"그래, 널 동스트라다무스로 불러 주마."

"이쁘냐? 이뻐? 어때? 우리말은 좀 하냐? 어떻게 생겼는데, 어?"

"요놈아, 그만 진정하고, 내가 일정 짜 볼 테니 내일 언제 어디서 만날지 저녁에 다시 통화하자."

"그래그래, 일정만 잘 잡아 봐. 어려운 일은 이 형님이 힘껏 도와줄 테니까 걱정 말고. 히히."

다음날 장수는 아침 일찍부터 미쿠와 유키를 위한 서울 탐방 일정에 나섰다. 엄마는 3일 동안 쓸 용돈을 챙겨 주시며 다니는 동안 일본 친구들에게 따뜻한 밥과 간식을 사 먹이라고 했다. 장수는 들러 볼 곳들은 물론, 동선 상 거치게 되는 곳들까지도 밤새 찾아보고 정리했다. 그리고 시간 계획에 맞게 어디쯤에서 밥을 먹을지에 대해서도 꼼꼼하게 알아두었다. 생전 이토록 알차게 준비해 떠나는 체험학습은 없었다. 게다가 모든 일정을 스스로 짜고 공부하지 않았던가.

양치질을 하며 거울을 보는데 두 눈이 시뻘게져 있었다. 밤을 새우면서 흰자위가 심하게 충혈된 것이었다. 지금껏 친구들과 놀이공원에 가느라, 영화를 보고 노래방에 가느라, 거짓으로 써서 제출했던 수많은 체험학습 신청서들이 떠올랐다. 그리고 오늘에야말로 처음으로 진정한 체험학습을 하게 될 거로 생각했다. 그깟 잠이 좀 모자란 게 무슨 문제랴. 장수는 일정을 시작하기도 전부터 가슴이 뿌듯해졌다.

모두 한 자리에 둘러앉아 아침밥을 먹으며 장수는 엄마와 이모, 유키와 미쿠, 이렇게 여자만 네 명이 한집에 있으니 집 안 가득 좋은 냄새로 가득 차 있다고 느꼈다. 각자의 긴 머리카락들에서 나는 비누, 샴푸 냄새와 갖가지 화장품 냄새들이 뒤섞여 밥 먹는 내내 행복한 기분이었다. 또 며칠 만에 포근한 날이 될 거라는 TV 뉴스 속 날씨 소식이 오늘의 일정을 축복해 주었다. 입속의 혀만 제대로 기능해 준다면, 그리고 동호 녀석이 쓸데없는 말로 분위기를 망치지만 않는다면 모든 게 계획대로 진행될 것이었다. 좋은 냄새에 취해 여유롭게 아침을 즐기던 장수는 언뜻 시계를 보고 깜짝 놀랐다. 벌써 일어나야 할 시간이었다.

"자, 이제 그만들 먹어. 빨리 출발해야 해."

"아니, 어딜 가는데, 정해진 시간이라도 있는 거니?"

엄마가 의아해하며 물었지만 장수는 대답할 시간도 없이 마음이 바빴다. 그러고는 아직 밥그릇에 몇 숟갈이 남은 유키와 미쿠를 억지로 일으켜 세웠다.

"이떼키마아스(다녀오겠습니다)!"

장수가 일행을 대신해 일본어로 외쳤다.

처음 타 보는 서울 지하철에 흥분한 미쿠와는 달리, 유키는 보아온 성격대로 역시 침착했다. 지하철에 오르며 유키가 장수에게 물었다.

"장수 군, 우리가 맨 처음 가는 덴 어디야?"

단지 가는 곳을 물어봤을 뿐인데도 장수는 유키가 지난 밤 자신의 노고를 알아주는 것 같아 기뻤다. 장수가 대답했다.

"응, 유네스코 세계유산인 창덕궁이야."

그 말을 들은 미쿠가 흥분한 목소리로 말했다.

"한국에도 유네스코 세계유산이 있어?"

그 말에 장수는 확 자존심이 상했다. 한국에도라니. 우리 같은 문화 대국에서 그건 당연한 것 아니겠는가. 게다가 일본에 있는 유네스코 세계유산 중엔 우리나라의 영향을 받은 것도 세 개나 포함되어 있는데…. 하지만 장수는 개운치 않은 마음을 애써 감추고 대답했다.

"그럼, 많이 있지. 세계유산이 열두 건, 세계기록유산이 열세 건, 자연유산, 무형유산, 거기다 생물권 보전지역 등까지 더하면 한국엔 유네스코 관련 등재 유산이 50가지나 된다고."

"아, 많구나."

미쿠가 멋쩍은 듯 대답했다. 장수는 이게 과연 마음을 감추고 한 말이 맞는지 알 수 없었다. '유키에게 자잘한 자존심에 발끈하는 모습을 보여 주고 싶진 않았는데….' 말을 하다 보니 격분한 것처럼 보이진 않았을지 곧바로 걱정이 되었다. 하지만 유키의 표정을 보니 걱정할 일은 아닌 것 같았다. 유키 또한 한국의 문화유산이 그리 다양하고 높은 가치를 인정받는다는 사실에 놀라는 눈치였다. 다행이었다.

장수 일행은 모처럼 찾아온 봄날 같은 화창하고 온화한 날씨 속에 창덕궁 구석구석을 천천히 거닐었다. 주변 지형을 거스르지 않는 건물들의 배치와 인위적으로 곧은길을 내지 않은 경내의 자연스러운 풍경이 최고의 산책길이 되어 주었다. 어느 계절에 와도 만족스러운 우리나라 최고의 고궁. 장수는 일정의 시작을 반드시 이곳에서 하고 싶었다. 하지만 살짝 눈이라도 쌓여 있었더라면 더 좋왔을 텐데, 하는 아쉬움이 있었다. 눈 덮인 겨울의 고궁은 도시 속 뜻밖의 선물 같은데…. 장수의 아쉬운 마음을 알 리 없는 유키와 미쿠는 후원에 들어서자 서로 앞다투어 감탄을 해 댔다. 유키가 말했다.

"이야, 스고이(야, 대단해)! 여기 정말 예쁘다!"

미쿠는 이런저런 각도에서 사진을 찍어 대느라 정신이 없었다. 장수는 뿌듯한 마음을 감추기 어려웠다. 연못물은 군데군데 살얼음이 얼어 있었고, 여전한 초록빛의 사철나무들과 단풍나무, 그리고 지난가을 떨어져 쌓인 낙엽들이 한데 어우러져 부용지 일대는 겨울인데도 갖가지 다양한 색채를 품고 있었다. 연못 수면은 가까이에 우뚝 선 주합루를 거울처럼 비추고 있었다. 게다가 서울 안이라고는 믿기 힘들 정도의 고요와 평화로움이 일본에서 온 소녀들의 마음을 사로잡은 모양이었다.

일본어 해설을 들으며 창덕궁을 관람할 수 있는 시간은 하루에 한 번뿐이라, 그 시간에 맞추기 위해 장수는 아침부터 그리도 서둘렀던 것이다. 해설사 선생님의 설명이 끝나고 자유 관람 시간이 되자 장수는 부용정 가까이 자리를 옮겨 유키와 미쿠에게 말했다.

"해설사 선생님이 빠뜨리신 게 있는데, 왕실의 도서관인 규장각은 창덕궁뿐 아니라 강화도라는 섬에도 하나가 더 있어. 외규장각이라고 해."

장수가 일본어로 무언가를 한참 설명하는 듯 보이자, 주변에 있던 몇몇 일본인 관광객이 어깨너머로 장수의 말을 듣다가 결국엔 부용지 일대에 흩어져 있던 일본인 대부분이 장수 근처로 모여들게 되었다. 장수는 주위를 둘러보고는 처음엔 좀 당황했지만 차츰 자신 있게 말을 이어 나갔다.

"강화도를 침략한 프랑스군이 외규장각에서 조선왕조 의궤를 보고 충격을 받았어요. 그림으로 행사의 순서와 물품의 종류를 세세하게 기록한 책은 세계에서 의궤가 유일하거든요."

어딘가에서 쉬고 계시던 해설사 선생님도 모여든 사람들을 보고 장수 곁으로 다가왔다. 해설사 선생님이 흐뭇한 미소로 장수를 지켜보았다. 그만큼 장수의 설명은 전문가도 인정할 만한 것이었다. 장수에게 모여든 사람들 때문에 유키와 미쿠는 살짝 우쭐한 마음이 되었다. 장수가 말을 마치자 미쿠가 먼저 박수를 치기 시작했다.

"사이코다요(최고예요)!"

그러자 곁에 있던 사람들도 모두 따라 박수를 쳐 댔다. 장수는 머리를 긁적이며 함박웃음을 지었다. 장수는 사람들과 함께 자신을 보며 활짝 웃고 있는 유키를 보았다. 유키를 위해 준비한 것이었는데 이렇게 많은 사람의 환영까지 받을 줄이야….

그때 갑자기 익숙한 목소리가 외쳤다. 일본에 해설 시간에 입장

한 사람들 사이로 드물게 한국어가 울려 퍼졌다.

“저기 주합루에 일본인들이 쳐들어와 러일전쟁에서 승리한 기념 행사를 했다는 것도 얘기해 줬어? 1904년인가?”

동호였다. 일본인 관광객들이 무슨 일인지 몰라 웅성거리며 동호 쪽으로 눈을 돌렸다. 장수는 얼른 동호에게 다가가 사람들로부터 동호를 떨어지게 했다.

“야, 너 어떻게 왔어?”

“어, 몸살이라고 뻥 쳤지 뭐. 방학이 며칠 안 남아서인지 선생님도 별말씀 없으시던데? 하하.”

“아직 입장 시간이 아닐 텐데? 여기까진 어떻게 왔냐?”

“11시에 입장하는 사람들이랑 들어와서 해설사 선생님 몰래 후원까지 냅다 뛰었지. 내가 좀 다람쥐 같잖냐. 크크.”

“야, 너 그럼 안 돼! 문화재 보호를 위해서 관람객 수나 동선을 제한하는 곳인데.”

“어차피 와 버린 걸 어쩌겠냐? 오늘은 특별한 날이기도 하고. 근데 그건 설명했냐? 아까 내가 말한 거 말야.”

“야, 그걸 굳이 여기서 설명해야 할 이유가 뭔데?”

“여기선 그게 핵심이지! 그래야 애국심도 고취되고 반일감정도 생기고.”

그러다 동호는 이제야 생각난 듯 두리번거리며 말했다.

"야, 그건 됐고, 어딨냐? 내 짝은 누구야 대체? 응?"

그때 마침 사람들 속에 있던 유키와 미쿠가 장수 곁으로 다가왔다. 동호는 기쁨에 입을 다물지 못했다. 동호는 미쿠에게 먼저 손을 내밀며 말을 걸었다.

"아흑, 이분들이 바로 교토에서 건너온 여신? 아! 요로시쿠. 난 윤동호라고 해."

미쿠 또한 동호와 악수하며 활짝 웃었다.

"하이, 와타시와 미쿠(안녕, 난 미쿠)."

"와타시와 유키다요(난 유키야)."

장수는 넉살 좋은 동호의 태도에 약간 마음이 놓였다. 하지만 방금과 같은 상황이 다시 연출될까 두렵기도 했다. 동호는 지난번 교토에 갔을 때도 그런 태도 때문에 선생님께 종종 지적을 받았다. 동호는 가끔 지나칠 정도로 격하게 반일감정을 표출할 때가 있다. 장수 생각에 그건 동호가 평소 우리나라 역사에 남다른 관심이 있기 때문이다. 장수는 이 대목이 잘 이해되지 않았다. 우리나라 역사에 관심을 두고 공부하는 사람들에게선 왜 반드시 일본에 대한 적대감이 생겨나는 것일까. 만약 그렇다면 그건 대체 언제까지 이어져야 하는 일일까. 우리는 일본과 영영 친하게 지낼 수 없는 걸까?

동호가 일행과 합류한 이후 분위기가 훨씬 좋아졌다는 건 부인

할 수 없었다. 장수는 동호의 말을 미쿠와 유키에게 적절히 통역해 주었는데, 그럴 때마다 특히 미쿠는 동호의 한마디 한마디에 손뼉을 치며 좋아했다. 유키 또한 동호의 유쾌한 말들에 미소를 짓곤 했다. 동호가 유키가 아닌 미쿠에게 더 관심이 있는 것 같아 다행스러웠다. 미쿠는 또래보다 작은 체구에 하얀 피부를 가진 아이였다. 일본 도호쿠 지방의 전통 인형인 고케시 인형을 연상시켰다. 귀엽게 생긴 외모와는 달리 웃음소리도 크고 목소리도 쩌렁쩌렁 울리는 것이, 성격은 다소 중성적인 편이었다. 보면 볼수록 미쿠와 동호는 어울리는 구석이 없지 않았다.

다음 코스는 덕수궁 옆에 있는 서울시청 별관이었다. 덕수궁으로 들어가지 않은 이유는 추운 날씨에 다시 넓은 궁궐 안을 걷는 것이 무리일 거로 생각했기 때문이었다. 평소 장수가 비밀 장소로 여기는 서울시청 별관 전망대에선 덕수궁 전체를 조망하며 따뜻한 차를 마실 수도 있었다. 아이들은 전망대에 이르러 그 아래로 덕수궁의 전경이 눈에 들어오자 환호성을 질렀다.

"야, 이런 좋은 곳엘 지금껏 혼자서만 왔었단 말야?"

당연히 동호도 알고 있을 리 없는 곳이었다. 동호가 호들갑을 떨자 주위에 차를 마시며 앉아 있던 사람 몇몇이 일행을 돌아보았다. 장수가 동호를 나무랐다.

"쉿! 조용히 말해. 여긴 말야, 내가 조용히 생각할 것이 있을 때

찾는 나만의 아지트라고 할까. 아무튼 여기서 좀 쉬었다 가자."

미쿠가 옆에 있던 빈 의자들을 가져와 앉을 자리를 마련하며 말했다.

"걷지 않아도 되니까 일단 너무 좋다."

유키가 장수를 보며 물었다.

"서울엔 궁궐이 몇 개나 되는 거야?"

장수가 대답했다.

"응, 서울에 있는 것들은 조선의 5대 궁궐이야. 그 전 시대의 것들은 궁궐의 형태로 보존되고 있는 게 없어. 그러니 한국의 궁궐이라면 서울에 있는 이 다섯 개가 전부지."

일행은 모두 덕수궁이 내려다보이는 창을 향해 일렬로 앉아 장수의 말을 들었다.

"서울은 500년여 동안 조선의 수도였어. 옛날 이름은 한양이었고, 그러니 조선 시대의 많은 이야기가 이 궁궐들을 중심으로 둘러싸인 사대문 안팎에서 생겨났지. 일본이 조선을 강점하고 있을 때의 이야기가 여기 덕수궁 주변에 많이 남아 있어."

여기까지 얘기하고는 장수는 아차 싶었다. 여지없이 그사이를 동호가 차고 들어왔다.

"그렇지, 이 뒤편 돌담길을 따라 올라가면 옛 러시아 공사관 건물이 나와. 우리 이따 거기도 가 볼까? 일본인들이 우리 명성황후를 살해하고 불태운 사건 후에 위협을 느낀 고종황제가 그곳으로 피신을 했었지."

장수가 다급히 동호를 제지했다.

"야야, 너 왜 자꾸, 왜 굳이 그런 얘길 하는 건데?"

"아니, 우리나라를 알고 싶어 온 거 아니야? 우릴 알려면 역사를 알아야 하고, 공교롭게도 그게 얘네 나라와 관련이 있으니 그것까지 알아야 제대로 알고 갈 수 있지. 안 그래?"

"그건 우리끼리 할 수 있는 쉬운 얘기가 아니잖아. 자칫 오해를 일으킬 수도 있고 말야."

"오해하고 말고가 뭐가 있어? 이건 사실인데. 사실을 사실 그대로 알아야 진정한 대화를 할 수 있지."

두 사람이 한국어로 다투는 것처럼 보이자 유키와 미쿠는 불안한 마음이 들었다. 미쿠가 유키에게 귓속말로 속삭였다.

"얘네 지금 싸우는 거야? 그래 보이는데?"

유키는 한국어를 곧잘 알아들을 수 있었지만 방금 두 사람의 말은 속도가 너무 빠른 데다 어려운 말들이 섞여 있어 곧바로 이해하기 어려웠다. 유키가 장수에게 물었다.

"무슨 얘긴데 그래? 우린 들으면 안 되는 거야? 너희 싸우는 건 아니지?"

장수는 어쩔 수 없다고 느꼈다. 그리고 유키와 미쿠를 위해 동호의 말을 통역해 주었다. 그러자 서서히 유키와 미쿠의 표정이 어두워지기 시작했다. 그걸 본 동호가 유키와 미쿠를 번갈아 쳐다보며 물었다.

"혹시, 사과하고 싶은 마음이 들어?"

유키가 동호의 말을 알아듣고 대답했다.

"사과…라고? 난 대부분 처음 듣는 얘기라 좀 혼란스러운 것 같아. 일본이 조선을 강제로 점령하고 있을 때의 잘못에 대해 우리가 여러 번 사과했고 정부 차원에서 보상금 같은 걸 준 적 있다고 배웠거든."

그 말을 들은 동호가 발끈해서는 자리에서 일어섰다. 동호의 살기 띤 모습에 일행은 물론 주변 사람들도 놀랐다.

"야, 사과는 무슨 사과를 했다고 그래?"

장수는 동호의 격한 반응에 놀라 일어서 동호를 붙잡았다.

"동호야, 제발 부탁이니, 좀만 참아 주라. 응?"

"이거 놔 봐. 위안부 할머니들 문제도 그래. 얼마 전에 그걸 단돈 100억 원을 주면서 더 이상 얘기하지 말자고 했다는데, 정말 나쁜 사람들 아니냐고!"

미쿠는 거의 울먹일 정도가 되었다. 그 와중에도 유키는 침착성을 잃지 않고 한국어로 낮게 말했다.

"그럼 동호야, 한국이나 일본의 정권이 바뀔 때마다 사과를 다시 해야 한다는 거니? 그걸 언제까지 해야 하는 건데?

동호가 지지 않고 말했다.

"사과를 받는 쪽이 만족할 때까지지, 당연히."

유키는 다시 장수를 빤히 쳐다보며 물었다.

"장수 군, 네 생각도 그래?"

장수는 울고 싶은 마음이었다. 그 많은 공부가 다 소용없어지는 순간이었다. 유키가 나에게 무슨 잘못을 했기에, 사과를 해야 한다는 건지…. 또 이렇게 좋은 날, 이런 곳에서 왜 이런 싸움을 하고 있어야 하는지 동호가 원망스러울 뿐이었다.

한 걸음 더 깊이 들어가기

궁궐에 새겨진 역사의 상처

경복궁, 경운궁(덕수궁), 경희궁, 창덕궁, 창경궁. 조선 시대의 궁궐이 다섯 개라는 것은 널리 알려진 상식입니다. 그런데 다른 나라도 우리처럼 수도에 여러 개의 궁궐이 만들어졌을까요? 세계인의 눈높이에서 우리의 것을 바라보면 때때로 전혀 생각지 못한 점들을 발견하기도 합니다. 조선의 궁궐이 대표적인 예지요.

하나의 수도 안에 궁궐이 다섯 개 있는 것은 세계적으로도 사례를 찾기 힘든 아주 특이한 경우입니다. 그것도 다섯 개 모두 임시 궁궐이 아닌 정식 궁궐이니 더욱 놀라운 일이지요. 하지만 이 놀라움 뒤에는 가슴 아픈 역사의 상처가 새겨져 있습니다.

북악산 자락에 있는 경복궁은 조선 최초의 궁궐이었습니다. 전각 이름 하나하나에 건국 공신 정도전의 뜻이 담겨 있었지요. '경복궁'이란 이름 역시 정도전의 생각이었습니다. 하지만 정도전을 죽이고 왕자의 난을 일으킨 3대 왕 태종은 그런 경복궁이 못마땅했습니다. 그래서 북악산의 또 다른 자락에 새로운 궁궐을 지었으니, 그것이 바로 창덕궁입니다. 창덕궁은 터가 넓지 못해서 성종 대에 옆으로 궁궐을 넓혔습니다. 창경궁이지요. 창덕궁과 창경궁을 함께 묶어 동궐이라고도 합니다. 대체로 창경궁은 왕의 어머니나 할머니가 머무르는 궁궐, 경복궁과 창덕궁이 조선을 대표하는 궁궐이라 할 수 있습니다.

하지만 경복궁, 창덕궁, 창경궁은 1592년 일어난 임진왜란으로 모두 불타 버리고 말았습니다. 궁궐과 일본의 첫 번째 악연이라 할 수 있지요. 전쟁이 끝나고 불타 버린 경복궁은 오래도록 복원되지 못합니다. 경복궁의 규모가 워낙 큰 데다 터가 불길하다는 소문마저 돌아 결국 규모가 작은 창덕궁이 먼저 복원되었습니다. 경복궁은 훗날 흥선대원군에 의해 중건(1867)되었습니다. 다섯 개의 궁궐 중 창덕궁이 세계문화유산인 이유는 아름다운 후원이 잘 보존된 탓도 있지만 현재를 기준으로 하면 역사가 가장 오래된 궁궐이기 때문입니다. 경희궁도 뒤이어 경복궁 서쪽에 지어졌습니다. 마지막 궁궐인 경운궁(덕수궁)은 일본에 왕비를 잃고 러시아공사관으로 피신했던 고종이 대한제국을 선포하며 새롭게 만든 궁궐이었습니다. 그러나 일본과 중국의 그늘에서 벗어나 서구 열강들처럼 당당한 황제의 나라를 만들고 싶었던 고종의 꿈은 오래가지 못했습니다. 일본에 의해 강제로 황제 자리에서 쫓겨나고 '덕수전하'라는 이름으로 경운궁에 강제로 갇히게 되었죠. 궁궐과 일본의 두 번째 악연이라 할까요? 우리가 흔히 부르는 덕수궁은 이런 이유로 생겨난 말입니다.

일본에 의한 궁궐의 상처는 여기서 그치질 않습니다. 광화문을 옆으로 옮기고 경복궁 입구의 전각들을 헐고 그 자리에 조선총독부를 지었습니다. 창경궁의 전각을 없애고 동물원과 식물원을 만들기도 했죠. 창덕궁에서 화재가 발생하자 경복궁에 있던 왕과 왕비의 침전을 뜯어다가 건물을 다시 지었습니다. 궁궐 안에 일본식 정원을 만들기도 하고 경희궁은 아예 전체를 없애 버리고 학교를 짓기도 했습니다. 심지어 몇몇 건물은 일본으로 가져가 버렸습니다. 해방 후 궁궐의 모습은 처참하기 이를 데 없었습니다. 전체 건물의 20퍼센트도 남지 않았지요. 원래 궁궐 안은 신하들이 조회하는 조정을 빼고는 넓은 뜰이 없습니다. 잔디도 없고요. 시야가 탁 트여 기분이 좋을지는 모르나, 궁궐을 산책하는 중에 잔디를 만난다면 사라져 버린 건물들의 아픈 흔적이라 생각해 보는 것은 어떨까요? 건물은 우리 힘만으로도 복원할 수 있지만 역사에 새겨진 상처는 다릅니다. 일본의 진심 어린 사과와 우리의 용서가 두 손 잡고 만날 날을 기다려 봅니다.

5. 길거리 토론

#프란치스코_소녀상

#우리와_그들의_역사_교과서

#우리들의_소중한_싸움

#역사_공부의_목적

#낮_한때_맑음

나에게도 좋은 날이 올까. 장수는 이 시간이 제발 빨리 지나가 버리기를 간절히 바랐다. 유키가 빨리 가 버리면 좋겠다는 건 아니었다. 일정이 순조롭게 진행되는 듯싶다가도 동호와 유키가 부딪칠 때면, 참기 힘든 고온의 한증막 속에 서 있는 느낌이었다. 어떡하면 이 둘의 전쟁을 끝낼 수 있을까. 유키에게 좋은 기억만 주고 싶었는데…. 그래서 꼭, '자주 놀러 올게. 기다려.'와 같은 달콤한 약속을 받고 싶었는데…. 모든 게 다 망해 버린 느낌이었다.

동호의 말들은 풀기 어려운 수학 문제 같았다. 답도 없는 수학 문제. 녀석의 말은 역사 교과서를 그대로 베낀 느낌도 없진 않았지만 그렇다고 딱히 틀린 말도 아니었다. 그러고 보니 어디선가, '답을 찾기 어려울수록 좋은 질문'이라는 말을 들은 것도 같았다. 하지만 왜 하필 녀석은 그 좋은 질문을, 이 좋은 날 갖고 와야 했을까.

동호와 유키 사이에서 장수는 어쩔 줄을 몰랐다. 동호는 동호대로 굽힐 줄 모르는 신념 같은 게 있었고 유키에겐 조금이라도 의심되는 일에는 함부로 고개를 끄덕이지 않는 강단 같은 게 있었다. 이 둘은 서로 서식지가 다른 곳에 살던 천적 같아 보였다. 그렇다고 동호를 빼놓고 다니기엔 부담스러운 게 사실이었다. 혼자서 또래 여학생인 유키와 미쿠 모두의 눈치를 봐 가며 만족스러운 일정을 계획하고 실행하는 건 만만한 일이 아니었다. 학교에선 역사 여행 전문가랍시고 설치고 다니는 장수였지만 둘은 일본인인 데다가 서울의 역사 유적에는 일제 강점기의 그늘이 너무나도 많았다. 장수 또한 실제로 이 일을 준비하기 전까진 이 정도일 줄은 몰랐다. 둘째 날 일정은 최대한 그런 요소를 배제하고 짜 볼 예정이었다. 장수는 집에 돌아온 저녁에도 제 방에 틀어박혀 일정을 짜는 데 열을 쏟았다.

"장수야! 나와서 과일 먹어라."

엄마가 장수를 불렀다. 장수는 무엇에든 한번 집중하기 시작하면 전혀 딴 세상 사람 같았다. 엄마의 등짝 스매싱을 한 차례 맞고 나서야 장수는 정신을 차렸다.

"아니, 네가 그렇게도 기다리던 유키가 왔는데도 넌 뭐가 그리 바쁜 거니?"

그렇지, 우리 집에는 유키가 있었지. 장수는 그제야 그 소중한 사실을 잊고 있었단 걸 깨달았다. 유키가 보고 싶지 않은 건 아니었다. 하지만 유키에게 한국에 대한 좋은 기억을 만들어 주고 싶은 마음이 그걸 잊게 만들 정도였던 것이다. 엄마를 따라 방을 나서니 다시 꿈속 같은 향기가 났다. 유키와 미쿠, 교토 이모가 식탁에 둘러앉아 장수를 바라보고 있었다. 유키가 장수를 보며 어서 오라는 듯 손짓했다. 장수는 가슴이 철렁했다. 어쩜 가벼운 손짓 하나도 저리 예쁠까. 다시금 얼굴이 달궈진 쇳덩이처럼 붉게 타올랐다. 무슨 병이 있지 않고서야…. 장수는 얼굴의 온도 조절 장치에 이상이 생긴 것 같다고 생각했다.

"장수가 어딜 그리 데리고 다니던?"

교토 이모가 한껏 들뜬 목소리로 유키와 미쿠를 보며 물었다. 미쿠가 먼저 대답했다.

"말도 마세요. 장수가 궁궐에서 얼마나 멋있었는지 보셨어야 해요."

미쿠가 아침 창덕궁에서 있었던 일을 떠올리며 흥분했다. 껍질을 깐 오렌지가 그득히 담긴 접시를 식탁에 놓으며 엄마가 물었다.

"아니, 우리 장수가 어쨌기에 멋있었단 거니?"

"아녜요, 무슨…."

장수가 멋쩍어하며 고개를 숙였다. 그러면서도 장수는 유키의 표정을 살폈다. 유키는 미쿠를 바라보며 웃다가 장수 쪽으로 잠시 눈을 돌렸다. 장수는 유키와 눈이 마주치고는 급히 시선을 떨어뜨렸다. 미쿠가 말했다.

"장수가 문화재 해설사 선생님이 빠뜨린 부분까지 자세하게 설명해 주는데, 거기 있던 모든 일본 관광객이 우리 쪽으로 모여들어 한참 동안 장수의 설명을 들었어요."

"그것도 일본어로 말이죠."

유키가 말을 보탰다.

"웁!"

장수는 하마터면 입안 가득 들어 있던 오렌지 과육을 뿜을 뻔했다. 별말이 아닌데도, 유키가 자신을 향해 조금이라도 호감 어린 말이나 행동을 하면 나오는 반응이었다. 다시 얼굴이 붉은 쇳덩이가 되었다.

"창덕궁에 가느라 그렇게 아침 일찍부터 부산을 떨었구나?"

엄마가 말했다.

"어디가 제일 기억에 남던?"

이모가 물었다.

"전 창덕궁이 제일 좋았어요! 거기서 만난 동호라는 친구도 재밌던데… 좀…."

미쿠가 앉은 자리에서 엉덩이를 들썩이며 대답했다. 장수는 동호 얘기가 나오자 무의식적으로 유키의 눈치를 봤다. 엄마가 눈을 번뜩이며 물었다.

"응? 동호가 왜?"

장수는 가슴이 두근거렸다. 아니나 다를까 유키가 입을 열었다.

"아녜요, 좋은 친구던 걸요. 전 장수가 조용히 생각할 것이 있을 때 찾는다는 전망대가 기억에 남아요. 그런 멋진 곳에 데려다줘서 고마워, 장수 군."

장수는 가슴을 쓸어내리며 어정쩡하게 유키를 쳐다보았다. 유키가 자신이 아끼는 곳의 진가를 알아주니 그토록 뿌듯할 수가 없었다. 하지만 유키를 설레는 마음만으로 대하기엔 하루 만에 많은 것이 달라져 있었다. 어제 동호와 유키 사이에 있었던 일 때문이었다. 둘 사이에 오갔던 말들은 앞으로도 여간해선 풀리지 않을 문제 같아 보였다. 그건 자신과 유키의 앞날을 생각할 때도 중요한 문제가 될 게 분명했다. 장수는 유키가 아직도 동호와의 일을 언짢아하고 있는지가 너무나 궁금했지만 직접 물어보기엔 두려웠다.

어제 시청 별관 전망대에서 내려와 한적한 덕수궁길(덕수궁 돌담을 따라 나 있는 길)을 걸을 때였다. 갑자기 동호는 연인들이 이곳을 걸으면 반드시 헤어지게 된다는 둥 쓸데없는 말을 시작하더니, 원형 교차로를 지나 이화여고 쪽으로 일행을 이끌었다.

"왜 그쪽으로 가냐? 이쪽으로 가야 버스든 지하철이든 탈 수 있다고."

장수의 말에도 동호는 아랑곳하지 않더니,

"잠깐이면 돼. 여기까지 왔는데… 지나치기엔 섭섭한 곳이 하나 있지."

하며 뒤돌아보지도 않고 성큼성큼 가 버렸다. 장수는 석연찮았지만 유키와 미쿠도 궁금해하는 눈치여서 마지못해 동호를 따라 걸었다.

동호는 '프란치스코 교육회관'이라 쓰인 곳에 이르자 걸음을 멈추고 일행을 안쪽으로 안내했다.

"여긴 뭐 하는 곳이야? 교회 같은데?"

미쿠가 물었다. 장수는 내키지 않았지만 자신도 모르게 버릇처럼 미쿠와 동호의 말을 번갈아 통역해 주고 있었다.

"응, 가톨릭 교회의 교육 문화 시설이라고 할 수 있지."

동호가 대답했다. 그러면서 동호는 마당 안쪽에 세워진 어떤 동상 같은 구조물 앞에서 일행을 기다렸다. 장수는 그제야 아차, 싶었다. '이 녀석이! 미리 속셈을 알아차려야 했는데….'

"애들아, 여기."

동호가 일행을 향해 손을 흔들었다. 그게 장수의 눈에는 악마의 손짓 같아 보였다.

"야, 윤동호…."

조금 전 시청 별관 전망대에서 있었던 일은 어떻게든 이러구러 넘겼는데, 여기서 동호가 꺼내놓을 문제는 결코 상황을 더 낫게 만들어 줄 리 없는 것이었다. 장수는 거의 포기 상태가 되었다.

"이게 뭐야, 동호 군?"

미쿠가 물었다.

"위안부 소녀상이야. 위안부 피해자 할머니들의 저항과 희망의 메시지를 전하는 동상이지."

동호가 대답했다. 그러자 미쿠와 유키는 서로를 바라보며 의아한 표정을 지었다.

"위안부라면…, 태평양 전쟁 중 모집된 매춘부…들을 말하는 거 아냐?"

유키가 말했다.

"근데…, 이건 아무리 봐도 할머니의 모습 같지 않은데? 어디가 할머니란 거야?"

미쿠는 소녀상의 구석구석을 살피며 물었다. 장수와 동호는 놀란 표정이 되었다. 놀란 정도가 아니었다. 장수는 유키의 얼굴이 심하게 일그러져 보이기 시작했다. 착시현상 같았다. 장수가 자신 또한 일그러진 표정을 감추지 못하고 물었다.

"위안부 피해 할머니들이 매춘부라고…?"

"응, 그렇게 배웠는데… 전시 상황에서 한국뿐 아니라 필리핀이랑 중국에서도 위안부로 모집된 여성들이 있었고, 여러 군데 전장으로 보내져서 많은 돈을 벌었다고…."

유키가 대답했다. 대답 이후 장수와 동호의 표정은 뭔가 심각한 문제에 빠진 듯 보였다. 유키는 자신과 장수, 동호와의 사이에 큰 오해가 생겼음을 직감할 수 있었다.

"역시… 혹시나 했는데…, 후… 할 말이 없게 만드네…. 그래도 아예 교과서에서 빠진 건 아닌 모양이네."

동호가 깊은 한숨을 내뱉으며 말했다. 동호와 달리 장수는 생각지도 못한 사실이었다. 위안부라는 비인간적이고 천인공노할 사건이 일본의 역사 교과서엔 이토록 왜곡되어 기록되었다니…. 그리고 그 교과서를 통해 지금도 수많은 일본 학생이 잘못된 역사를 배우고 있다니….

"왜, 무슨 문제가 있어?"

미쿠가 말했다. 동호는 방금까지와는 전혀 다른 얼굴을 하고 있었다.

"일본이 모집했다던 위안부는 공식적인 모집과 자발적인 지원 방식이 아니었어. 모두가 어디서 무얼 하게 될지 모른 채 강제 징집 당한 거였다고."

"정말?"

미쿠와 유키가 동시에 소리치듯 말했다.

"그들은 그야말로 일본군의 성노예였어. 위안소에서 일하던 10대 초반의 소녀들이 임신을 하거나 치료가 필요한 질병에 걸리면 말도 못 하게 잔인한 방법으로 죽였고 전쟁이 끝날 무렵에는 증거를 없애기 위해 집단으로 총살하거나 생매장했어. 그런데 일본군은 그런 사실을 오랫동안 부인해 왔지."

"세상에…."

미쿠가 말했다. 유키는 다소 충격을 받은 듯 입을 열지 못했다. 동호가 계속 말을 이었다.

"일본 정부는 위안부의 존재는 인정하지만 위안소 시설을 운영하는 데 일본군이 개입하진 않았다고 발표하기도 했어. 그 발표에 분노한 할머니 한 분이 최초로 실명을 밝히고 그들의 만행을 국제사회에 증언하겠다고 나섰어. 그러니 사실 우리나라에서도 이 문제가 이처럼 크게 주목받고 국민 누구나 아는 사건이 된 건 그리 오래된 일이 아니야. 그녀의 증언이 아니었다면 영원히 증거나 증인 없이 묻혀 버릴 수도 있었던 일이지."

동호는 위안부 문제에 대해 지금껏 자신이 알고 있던 모든 사실을 하나하나 설명했다. 유키와 미쿠는 장수가 통역해 주는 말을 들으며 동호에게서 눈을 떼지 못하고 있었다. 미쿠는 두 손을 모아 입을 가린 채 연신 탄식을 했다. 유키가 동호에게 물었다.

"우리 교과서를 만든 일본 정부는 그런 내용을 모두 알고 있었겠지?"

"그럼, 당연하지. 그 해에 도쿄 지방재판소에 정식으로 이 문제를 제소함으로써 일본 정부의 책임 있는 사과를 요구했으니까. 여성으로서의 수치심을 무릅쓰고 세상 앞에 나선 할머니의 증언에 힘입어 이후 235명의 할머니가 자신이 피해자라고 폭로하기에 이르렀어. 할머니들은 UN인권위원회에서 증언을 하기도 했고, 미국 의회에선 일본의 사과를 촉구하는 결의안을 채택하기도 했어. 지금은 할머니 중 대부분은 돌아가시고 30여 분의 할머니들만이 생존해 계셔."

"처음으로 증언했던 할머니는?"

유키가 물었다.

"최초 증언자였던 김학순 할머니도 1997년에 돌아가셨어. 할머니가 생존해 계실 때부터 지금까지 20년이 넘도록 위안부 문제에 대한 일본의 진심 어린 사과를 촉구하는 집회가 매주 수요일마다 일본대사관 앞에서 열리고 있는데, 지금까지 1200회가 넘게 이어져 오고 있어. 이 집회는 세계에서 가장 오래된 집회로 기록되고 있지."

강제 위안부, 일본군의 학대와 학살, 그것에 대한 일본의 태도와 UN인권위원회의 대응, 그리고 수요집회까지 유키와 미쿠는 모두 처음 들어 본 사실이었다.

"상상이 잘 안 돼."

미쿠가 말했다.

"난 전쟁 상황에선 그런 일도 벌어질 수 있구나, 생각했어. 왜냐면 그들은 돈을 벌기 위해 자원했고, 그만큼의 대가를 충분히 받았다고 배웠으니까."

유키의 말에 장수는 처음으로 자신이 알고 있던 사실을 말하기 시작했다.

"그들은 어두운 방에서 종일 굶기도 하고 잦은 폭행을 당했다고 증언했어. 일왕을 위해 하루에 군인 백 명을 상대하겠다고 맹세하지 않으면 못판 위에 굴리고 모두가 보는 자리에서 목을 자르기도 했대. 그들은 실제로 하루에 몇십 명의 군인을 상대해야 했는데, 하루 평균 370명을 상대했다는 증언도 나왔을 정도야. 임신 사실이 알려지면 자궁을 들어내는 수술도 했고, 성병에 걸리면 불에 달군 철봉을 자궁에 넣어 죽이기도 했다는 거야. 견디다 못해 탈출하는 소녀들도 있었는데 그러다 잡히면 온몸에 문신을 새기는 벌을…."

"그만, 그만해…."

장수는 유키의 말에 설명하기를 그치고 유키와 미쿠를 번갈아 바라보았다. 미쿠는 고개를 숙인 채 어깨를 들썩이며 울고 있었다. 유키는 넋이 나간 표정이 되어 그 자리에 털썩 주저앉고 말았다.

"몰랐어… 정말 몰랐어. 하지만 잘 믿기지 않아."

유키가 말했다. 그러고는 낮게 울기 시작했다. 장수는 위안부 소녀상 앞에서 흐느끼는 두 일본 소녀를 바라보았다. 복잡한 생각이 들었다. 이 아이들은 지금 이제껏 믿고 자랑스러워하던 조국에 대해 심한 수치심을 느끼게 됐을까? 배신감을 느꼈을까?

왜곡되지 않은 역사를 아는 일은 애국심에 상처를 낼 수도 있다. 지금까지 잘 이해되지 않았던, 역사를 왜곡하는 사람들의 목적을 알 것만 같았다. 그렇다면 우리는 어떨까? 우리의 교과서는 안전할까? 문득 이런 생각도 들었다. 나 또한 언젠가 우리 교과서에 배신을 당하게 된다면… 그땐 지금의 유키를 조금 더 이해하게 될까?

"미안하네…. 너희를 울릴 생각은 없었는데…. 너희 잘못은 아닌데 말이지."

동호가 말했다. 장수는 울고 있는 유키에게 어떤 말을 해야 할지 몰랐다. 유키가 눈물 흘리는 정확한 이유를 알 수 없기 때문이기도 했다. 장수는 위로 대신 그들 앞에 있는 소녀상에 대해 덧붙여 설명하기 시작했다.

"여기에 있는 소녀상은 우리나라 전역에 세워지고 있는 다른 소녀상들과는 의미가 좀 달라. 바로 옆에 있는 이화여고 역사동아리 학생들이 우리 또래의 전국 고등학생들을 대상으로 모금을 해서 세운 것이거든. 한국에는 학생 독립운동 기념일이란 게 있는데, 그걸 기념해서 학생들의 주도로 만들어진 소녀상이야. 다른 소녀상들은 대개 의자에 앉아 있는 모습인데 이것만은 한 손을 앞을 향해 들고 서 있는 모습이야. 손에는 나비의 형상을 조각한 것도 달라. 모금 당시에 학생들은 위안부 피해 할머니들을 상징하는 나비 모양의 배지를 제작해 나누어 줬는데, 그 형상을 그대로 가져온 것이라고 해."

장수의 말을 듣던 미쿠가 눈가를 닦고 일어서 소녀상을 유심히 살펴보았다.

"아, 정말 그렇구나…. 그래서 여기 나비가 있었구나."

"할머니들을 이렇게 소녀의 모습으로 만든 이유도 바로 위안부로 끌려가던 당시의 모습을 기억하도록 만든 것이겠구나."

유키도 눈물을 그치고 이렇게 말했다.

"응, 맞아."

"전쟁은 정말 나빠…."

유키는 여전히 소녀상을 바라보며 슬픈 눈으로 말했다.

"그렇지. 나도 그렇게 생각해…."

동호가 대답했다. 문제는 그다음부터였다. 한동안 잠자코 있던 동호가 유키의 말에 말문 열기 시작한 것이었다.

"전쟁은 나쁘지. 침략 전쟁일 땐 더 그렇지. 하지만 어쩔 수 없는 전쟁도 있기 마련이야. 그럴 땐 이기는 쪽이 정의가 돼 버려."

"우리는 우리 역사를 배우면서 종종 우리가 전쟁의 피해자인 것처럼 느끼곤 했어. 그래서 전쟁에 대해 혐오스럽다는 생각을 하게 된 건지도 모르지. 어쩌면 그게 내가 역사를 공부하면서 스스로 깨달은 유일한 생각일지도 모르겠어."

유키가 말했다.

"흠…, 하여튼 너희 교과서가 그토록 엉망인 것에는 솔직히 너무 화가 나네. 이 사건에 대해 분노하고 가슴 아팠던 시간이 허탈하게 느껴지잖아. 분노란 건 대상이 있어야 가능한 건데, 이런 사건이 있었다는 것조차 모르고 있는 상대한테 분노를 느끼는 게 맞는지도 잘 모르게 돼 버렸어. 사실조차 모르는 상대와는 싸움을 하는 것도, 상대에게 사과를 요구하는 일도 불가능한 게 아닌가…."

장수는 동호의 말을 더 이상 통역하지 않았다. 둘의 대화가 어떻게 흘러갈지 몰랐고 급기야는 싸움이 될 수도 있을 것 같단 생각이 들어서였다. 그럼에도 유키는 동호의 말을 대충은 이해하는 것 같아 보였다. 동호가 계속 말했다.

"교과서란 게 그렇긴 하지. 어떤 나라든 역사의식을 고취해 나라의 일꾼을 양성하는 게 교과서의 목적이니까."

"난 그렇게 생각 안 해."

유키가 동호의 말을 막아섰다. 장수는 느낌이 좋지 않았다. 유키가 이어 말했다.

"역사의식이란 건 그런 게 아닌 것 같아."

"뭐가? 왜?"

"역사의식이란 게 자국에 대한 애국심만을 뜻하는 거라면 교과서에다 자국이 했던 잘못에 대해서도 이렇듯 끊임없이 왜곡하거나 은폐하려고 시도하지 않겠어? 난 역사의식이란 건 그런 거여선 안 된다고 생각해."

"그럼 나라별로 역사를 배우는 이유가 뭐야? 한 나라의 국민이라면 뭐든 국익을 위해 노력하는 게 최우선이지. 그런 일꾼을 키우려면 애국심이란 건 꼭 필요하고…. 전쟁이 일어났을 때 나라를 위해 싸우려는 사람이 한 명도 남아 있지 않다면 그 나라는 망하고 말겠지."

장수는 유키가 동호에게 자기 뜻을 조금이라도 더 정확히 전달할 수 있게 하려고 식은땀을 흘려가며 최선을 다해 통역을 했다. 둘의 대화가 감정싸움이 아니라 서로를 더 잘 이해할 수 있는 토론이 되었으면 하는 바람이었다. 그리고 그것은 장수에겐 무척 중요한 일처럼 느껴졌다. 유키는 천천히 또박또박 동호의 말에 반박하기 시작했다.

"국익을 최우선으로 한다는 건 얼핏 들으면 정당해 보이지만 국가의 이익이란 건 어떻게 보면 실체가 없는 것 같기도 해. 그리고 국익이란 걸 점점 경제적인 이익만으로 계산하는 게 당연하다고 여기는 것도 문제라고 생각해. 국익을 위해 벌어지는 가장 큰 비극이 전쟁 아닐까? 나는 사람들이 죽을 수도 있는 일에 '이익'이라는 정당성을 붙이는 것이 국가가 할 수 있는 가장 큰 잘못이라는 생각이야. 동호 네 말대로라면 역사를 열심히 공부한 사람들은 죄다 전쟁주의자가 되어야 맞겠구나?"

"야, 유키야…."

미쿠가 다시 울상이 되어 유키를 바라보았다. 동호가 말했다.

"비약이 너무 심하시군…. 하지만 불가피한 전쟁도 일어나게 마련이고 그럴 경우 국민의 역사의식은 가장 큰 무기라고 볼 수 있지. 그게 역사 공부의 힘이지."

"동호 넌 위안부 피해 할머니들을 생각하며 가슴이 아팠다고 했잖니?"

"그렇지. 가슴이 찢어지지."

"할머니들의 생각도 너와 같을까?"

"무슨 말이야? 할머니들은 오랫동안 파렴치한 일본 정부와 싸워오고 있어. 진정한 사과가 없었던 건 물론 전 세계가 비난하는 속에서도 역사 교과서까지 왜곡해서 자신들의 과오를 부인하고 은폐하려는 일본 정부를 상대로 말이지. 당연히 나와 생각이 같을 수밖에 없지 않을까?"

"내 생각은 달라."

"엥? 뭐, 왜?"

"나도 할머니들이 일본을 미워할 수 있다고 생각해. 하지만 당신들이 겪은 일의 궁극적인 원인은 전쟁이야. 할머니들이 과연 그런 끔찍한 전쟁을 후손들이 다시 겪을 수도 있다는 걸 당연한 사실이라고 생각하실까?"

동호는 유키가 문제와는 전혀 상관이 없는 이야기로 싸움의 본질을 흐리고 있다고 생각해서 순간 화가 치밀었다.

"그건 너희 일본이 일으킨 전쟁이라고! 내 말은, 그러니 당연히 사과를 해야 한단 거잖아! 넌 대체 지금 무슨 말을 하는 거야?"

"난 우리나라의 태도가 옳다고 말하는 게 아니야. 너처럼 생각하는 사람들이 바로 전쟁이라는 무서운 일을 결정하고 그런 참극을 아무렇지도 않게 저질렀단 거야."

유키는 차분함을 잃지 않고 말했다. 장수는 그런 유키의 모습이 너무나 인상적이었다. 문득 윤동주 시비 앞에서 〈서시〉를 낭송하고 있던 유키의 얼굴이 떠올랐다.

"아놔, 넌 계속 비약이 심해. 내가 어딜 봐서 전쟁주의자란 거야? 엿장수, 너도 내가 그렇게 보여?"

장수는 유키와 함께 과일을 먹으며 앉아 있는 이 시간이 마치 꿈속 같았다. 하지만 한편으로는 자신의 마음에 대한 회의도 일었다. 유키에 대한 자기 마음이 유키를 '안다'는 것과는 다르다는 것. 유키에 대해 제대로 아는 것도 없이 사랑하기부터 시작한 건 아닐까. 그건 과연 나쁜 일일까. 그럼 어떤 게 좋은 일인 건가. 우린 너무나 다른 환경 속에서 자라왔고 아주 작은 일에도 서로를 모른다는 분명한 사실이 툭툭 불거져 나오곤 하는데…, 그러면서도 장수는 상대방에 대해 모든 걸 알게 된다는 게 가능한 일인지, 그렇게만 되면 모든 게 좋아질 것인지, 하는 또 다른 고민에 휩싸였다.

그러다 장수는 '당장엔 유키에게 최선을 다하는 것만 중요할 뿐!'이라고 결론을 내렸다. 그렇게 생각하자 이렇게 맘 놓고 과일 따위를 먹고 앉아 있을 시간이 없었다. 장수는 포크를 내려놓고 갑자기 비장한 장수將帥의 모습이 되어 자리에서 일어섰다. 그러고는 제 방을 향해 성큼성큼 들어가 버렸다. 모두가 의아한 표정이 되어 장수를 바라보았다.

이튿날 아침 식사를 마친 직후 동호가 현관 벨을 눌렀다. 어제 그렇게 싸우다 헤어져 놓고도 이렇게 시간 맞춰 오는 건 무슨 마음일까? 무슨 변태도 아니고, 미쿠에게 관심 있는 것 같아 잘해 주려 했더니 심각한 논쟁거리나 만들고…. 미쿠한테 관심이 있긴 한 걸까. 동호는 들어오자마자 거실에서 머리를 말리고 있던 미쿠에게 오하요우, 하며 인사했다. 불행히도 이 장면을 목격한 엄마가 동호

에게 다가가 등짝 스매싱을 날렸다. '철퍽!'

"아얏!"

"요놈아, 이 아줌마는 보이지도 않던?"

동호는 달군 자갈 위에 올려진 마른오징어처럼 몸을 비틀었다. 유키가 그런 동호를 보며 킥킥거렸다. 그걸 본 동호가 유키를 째려보았다. 불안감이 엄습했다. '아, 천적들. 벌써 시작인 건가….' 장수는 최대한 유키와 동호가 부딪치지 않도록 해야겠다고 다짐했다.

미쿠는 한국의 화장품에 관심이 많았다. 유키는 그리 관심 있어 보이진 않았지만 미쿠의 호들갑에 마지못해 응하는 눈치였다. 그래서 정한 오늘의 첫 일정은 명동 거리였다. 명동 같은 곳이라면 유키와 동호가 부딪칠 일은 없을 거라는 판단도 한몫했다.

오전 시간인데도 명동은 각국의 관광객으로 가득 차 있었다.

"맛있어 보이는 게 너무 많아!"

거리에 줄지은 먹거리 노점상들을 지나며 미쿠가 소리쳤다.

"두 개씩만 골라 봐. 이것저것 사서 나눠 먹어도 되고."

장수가 말했다.

"가만있어 보자…, 명동 첫 방문이신 숙녀분들께 어떤 걸 좀 추천해 드려야 하나…."

동호가 너스레를 떨었다.

"미쿠, 넌 어떤 걸 좋아해? 해산물? 고기? 튀김? 잡채는 먹어 봤어?"

동호는 분명 말로는 '숙녀분들'이라 해놓고 정작 질문은 미쿠에게만 해 댔다. 유키는 약간 새침한 표정이 되어서 장수에게 물었다.

"장수야, 저기 계…란…빵이란 건 뭐야? 계란으로만 만든 빵인가?"

"어, 저건 철판에 구운 빵 위에다 계란 한 개를 톡 깨서 올린 빵이야. 어릴 때 진짜 좋아했던 건데, 하나 먹어 볼래?"

자신이 좋아하던 음식에 유키가 관심을 보이자 장수는 기분이 좋아졌다. 동호랑 미쿠는 뭐 자기들이 알아서 하라지. 유키는 계란빵 하나를 게 눈 감추듯 먹어 치우더니 연신 맛있다며 엄지를 세워 들었다. 그러고는 하나 더 먹자고 했다.

"한꺼번에 두 개는 배부를 텐데…."

"괜찮아. 이렇게 맛있는 건 열 개도 먹겠는걸?"

장수는 걱정스러웠지만 먹성 좋은 유키의 모습에 마냥 흐뭇한 미소가 지어졌다. 그러면서 생각했다. '나는 유키 때문에 살고 있구나.' 누군가가 하루하루 사는 이유를 묻는다면 대답할 말이 별로 없었는데, 이젠 달랐다. 장수에게 유키는 사는 이유가 돼 버렸다. 장수는 이런 고마움을 유키에게 표현하고 싶어 입이 근질거렸다. 근질거리는 입안으로 입보다 큰 계란빵을 욱여넣는 동안 맞은편에선 동호와 미쿠가 다정하게 꽃게 튀김을 우적우적 씹어 먹고 있는 게 보였다. 어제와는 사뭇 다른 다정한 오후 한때였다.

한 걸음 더 깊이 들어가기

수요집회와 위안부, 그리고 소녀상

2011년 12월 14일 1000번째 수요집회가 열렸습니다. 수요집회란 '일본군 위안부 문제 해결을 위한 정기 수요시위'를 줄여 부르는 말로 매주 수요일 일본대사관 앞에서 열립니다. '열립니다'라는 표현은 1000번째 집회로부터 5년이 훌쩍 넘었는데도 계속 열리고 있다는 뜻이기도 하지요. 이미 2002년 3월, 단일 주제로 개최된 집회 중에는 세계에서 가장 오랜 집회 기록을 넘어섰습니다. 그 기록은 매주 경신 중이에요. 집회 목적이 "일본 정부의 진심 어린 사죄와 보상"을 전제로 매회 마지막 집회가 되기를 소망한다는 점을 생각할 때 기록 경신은 아주 가슴 아픈 일이랍니다.

1930년대로 역사를 되돌려 보죠. 일본의 야욕이 대만과 한반도 점령을 넘어 중국 대륙(만주)과 미국을 향해 뻗어 나가고 있을 때입니다. 전쟁이 치열해질수록 식민지였던 우리나라의 고통은 이루 말할 수가 없었습니다. 지속적인 식량 수탈에 일상생활에 쓰이는 물자마저 전쟁 무기로 빼앗기고 심지어 사람마저 강제 동원되었습니다. 젊은 남성은 전쟁터에 군인으로 아버지들은 징용으로 광산이나 군수공장, 비행장 건설현장 등으로 끌려갔습니다. 심지어 12~40세의 배우자가 없는 여성들은 '조선여자근로정신대'라는 명목으로 각종 공장에 투입되었습니다. 더 심각한 문제는 그들 중 많은 수가 실제로는 일본군에게 성 착취를 당하는 위안부가 되었다는 것이지요.

위안부는 일본군 위안소에 상당 기간 구속된 채 군인과 군무원(군 관련 공무원)에게 성노예가 될 것을 강요당했던 여성을 일컫는 말입니다. 사실 위안부는 조선인을 비롯해 중국인, 대만인, 필리핀인, 인도네시아인, 네덜란드인 등 동남아시아 일대의 일본군 점령지에 있는 수많은 여성이 대상이 되었습니다. 그 수가 최소 5만 명에서 최대 20만 명까지 추정될 만큼 일본군의 위안소 운영이라는 비인간적인 상황이 광범위하게 일어났어요.

아무리 전쟁 중이라 하더라도 이와 같은 끔찍한 일은 국제적인 비난거리이자 훗날 큰 문제가 될 것이기에 일본은 이 사실을 철저히 숨겼습니다. 위안부 생활을 했던 여성들 역시 씻을 수 없는 수치심과 주변의 시선이 두려워 자신이 위안부였음을 입 밖에 낼 수 없었습니다. 1945년 일본의 패전 후 전후 보상 문제에서도 위안부 문제는 제대로 거론되지 않았습니다.

시간은 흐르고 흘렀습니다. 모든 이의 기억 속에 잊힐 뻔한 위안부 문제는 한 할머니의 숭고한 용기로 세상에 다시 알려지게 되었습니다.

1991년 8월 14일 김학순 할머니는 평생 가슴속에 안고 있었던 어두운 과거를 세상에 드러냈습니다. 자신이 위안부였으며 위안부의 실상이 얼마나 끔찍한 것이었는지 생생하게 증언했습니다. 할머니는 한 해 전인 1990년 6월 일본이 위안부 문제에 대해 부인하는 것을 보고 너무도 억울하고 분해서 증언을 결심했다고 했습니다. 훗날 이를 기려 8월 14일은 '세계 위안부의 날'로 지정되었습니다. 할머니의 결심은 수많은 다른 할머니의 증언을 이끌어 냈습니다. 용기는 용기를 낳고 진실이 세상에 알려지기 시작했습니다.

1992년 1월 8일 수요일. 사람들은 일본대사관 앞에 모였습니다. 진실이 밝혀진 이상 일본은 곧 사과를 할 것이라 믿었습니다. 하지만 사람들의 바람이 얼마나 순진했는지 깨닫기까지는 많은 시간이 필요치 않았습니다. 할머니들의 잇따른 증언과 위안소 운영 문서의 공개에도 일본 정부의 태도는 한결같았습니다. 미야자와 전 총리부터 아베 총리까지 역대 일본 총리의 대다수는 "이미 끝난 일" 또는 "일본 정부는 관여하지 않은 일", "잘 모르는 일"로 위안소 운영을 일관되게 부인하고 있습니다. 심지어는 우리 정부마저 이 문제에 소극적으로 임해 왔어요. 아니 우리 정부는 피해자인 할머니들의 의견도 반영하지 않은 채 일본 정부와 몰래 위안부 문제를 합의했다는 발표를 내놓기도 했답니다.

1년이면 해결될 줄 알았던 위안부 문제가 25년을 넘겨 버렸습니다. 그 사이 200여 분의 할머니가 세상을 떠나셨습니다. 이제 남은 역사의 산증인은 채 40분도 안 됩니다. 그러나 불행히도 그분들이 살아계실 때 인간으로서의 존엄성을 회복할 수 있는 길은 아직도 멀어 보입니다.

하지만 역사의 진실은 잊힐 수 없습니다. 그 사이 할머니들의 바람은 소녀상으로 다시 태어났습니다. 광화문 일본대사관 앞뿐 아니라 전국 곳곳, 나아가 세계에서 소녀상은 할머니들의 아픔을 잊지 말자는 바람으로 꽃피었습니다.

수요집회는 반드시 끝나야 합니다. 하루라도 빨리 말입니다. 하지만 그것이 일본이 내심 노리는 대로 할머니들이 세월의 무게를 이기지 못하고 모두 떠나시는 형태가 되어선 안 되겠죠. 소녀상이 탄생했듯 역사의 진실은 반드시 기록되고 새롭게 다가올 것입니다. 일본 정부가 이 단순한 진리에 영원히 귀 닫지 않기를 바랍니다.

6. 단팥빵

#우리와_일본의_음식_문화
#먹는_걸로_싸우기_없기
#로맨틱_케이블카
#단팥빵_좋아한다는_건_비밀

명동 구석구석 미쿠가 화장품 가게와 옷 가게들을 빠짐없이 헤집고 다니는 통에 일행은 모두 지쳐 갔다. 별 불만 없어 보이던 유키도 종종 주먹으로 다리를 두드리며 쉬어 가자고 졸랐다. 의외로 동호만큼은 아무런 군소리 없이 미쿠 뒤를 졸졸 따라다녔다. 신기한 일이었다. 장수는 유키가 쉬어 가자고 할 때마다 뒤에 남아 유키를 챙겼다. 그러는 사이 점심때가 되었다. 점심으로 과연 뭘 먹으면 좋을까. 어떤 걸 먹어야 유키가 한국에 대한 좋은 기억을, 아니 나에 대한 좋은 기억을 오랫동안 간직하게 될까? 장수는 고민에 빠졌다.

명동은 서울에 온 외국인 관광객이 가장 많이 찾는 곳 중 하나여서 외국인들을 겨냥한 우리 음식점이 곳곳에 즐비했지만 썩 마음에 드는 메뉴는 없었다. 장수가 보기에 그것 중 대부분은 어느 곳에서나 먹을 수 있는 흔한 음식이었고, 그 중엔 유키나 미쿠가 손댈 수 없을 것 같은 음식들도 있었다. 예를 들어 김치찌개 같은 건 매운 음식을 거의 먹지 않는 일본인에겐 먹기 힘든 음식일 것이다. 그렇다고 대놓고 일본인 취향에 맞추기엔, 한국 음식이 일본과 비슷하다는 인상을 줄 수도 있는데, 장수는 그렇게 되는 건 싫었다. 평소에 먹던 것과는 다른 것이어야 했다. 그러면서도 큰 거부감 없이 맛있게 먹을 수 있는 것!

"무슨 생각을 그렇게 골똘히 하냐?"

깊은 고민으로 잠시 눈의 초점을 잃은 장수에게 동호가 물었다.

"배고프다 이제 밥 먹으러 가자. 돈가스 먹을까? 맛있는 집이 있긴 한데…. 아니지, 돈가스는 일본 음식이었나? 한국에 왔으면 한국 음식을 먹어 봐야지. 칼국수는 어떨까? 근처에 유명한 집이 있거든. 충무김밥이란 것도 있는데, 그건 매워서 못 먹으려나?"

동호의 말이었다. 장수는 놀란 눈으로 동호를 바라보았다. '이 녀석이?' 장수는 동호의 말을 아이들에게 통역해 주며 혹시 동호 또한 밤새 고민해 온 건 아닌지 의심스러운 생각이 들었다. 하지만 그럴 놈이 아니었다. 동호가 누군가를 위해 무언가를 일부러 고민하는 걸 본 적이 없다. 장수는 통역 중에 국수를 일본어로 옮길 단어가 생각이 안 나 우리말 그대로 '칼국수'라고 말해 주었다.

"카루국쑤?"

미쿠가 말했다.

"응, 칼, 그러니까, 카타나…멘…."

"에? 카타나?(칼이라고?) 칼로 만든 면?"

미쿠는 칼과 국수(면)라는 두 가지 단어가 쉽게 연결되지 않는 듯 계속해서 고개를 갸우뚱거렸다. 손동작으로 봐서 미쿠는 아마도 국물 속에 칼이 들어 있는 이미지를 떠올리는 것 같았다. 장수는 난감했다. 이때 유키가 말했다.

"나 그거 먹어 볼래. 왠지 맛있을 것 같아!"

동호가 그런 유키를 보며 장난을 쳤다.

"오호! 한국에서 제일 무시무시한 칼국수에 도전해 보시겠다? 이가 엄청 튼튼해야 할 거야, 큭큭."

역시 유키는 넘어가지 않았다.

"반죽을 칼로 썰었단 거 아냐? 장수군?"

"맞아."

"아하! 그런 거였어? 하하하!"

미쿠가 크게 손뼉을 치며 웃음을 터뜨렸다. 동호와 미쿠는 볼수록 묘하게 맞는 구석이 있었다. 동호가 적어도 미쿠 하나만큼은 책임지고 챙겨 주고 있어서 다행이었다. 장수는 유키에게만 신경 쓰면 되니 좋았다. 물론 동호와 유키 사이를 계속 주시해야 하긴 했다. 어제에 이어 끝날 것 같지 않은 싸움을 만들고 싶진 않았다. 그래서 오늘 일정은 무조건 먹고 놀기로 잡았다. 설마 신나게 먹고 노는 중에도 그런 일이 일어나진 않겠지.

일행은 근처에 있는 칼국숫집 앞에 도착했다. 유명한 집이라 그런지 줄이 길었다. 하지만 줄은 생각보다 빠르게 줄어들었다. 장수는 이러저러한 고민으로 머리가 복잡해서 배고픈 줄도 몰랐는데 줄을 서 있는 동안 사정없이 허기가 몰려왔다. 배고픈 걸 잊을 정도로 뭔가에 집중해 본 적이 있던가 장수는 생각했다.

식당 안 꽉 찬 사람들 사이를 비집고 어렵게 자리에 앉자 얼마 지나지 않아 바로 주문한 음식이 나왔다. 상 위에 놓인 칼국수를 보고 유키가 말했다.

"이건 기시멘이잖아?"

그러자 미쿠도 한마디 했다.

"호우토우 같은데?"

같은 음식을 보고 서로 다른 음식 이름을 말했다는 사실보다 칼국수와 비슷한 음식이 일본에도 있었다는 데 동호는 놀라는 눈치였다. 장수가 물었다.

"기시멘은 뭐고 호우토우는 뭐야?"

"음! 정말 맛있어!"

장수의 말에는 대답도 하지 않고 먼저 국물 한 순갈을 떠먹어 본 미쿠가 외쳤다. 그 말에 모두가 자극됐는지 누가 먼저랄 것도 없이 일제히 칼국수를 먹기 시작했다. 국물이 거의 남지 않을 정도가 되어서야 미쿠가 먼저 입을 뗐다.

"호우토우를 생각하며 먹었는데 먹을수록 다른 맛이네."

"응, 달라. 기시멘과도 아주 다르고…."

유키도 소감을 보탰다. 유키와 미쿠에게 친근한 그 음식들이 어떤 맛인지는 모르겠지만 그것들보다 낫다는 소감들이 아니어서 장수는 살짝 실망스러웠다.

"일본에도 비슷한 음식이 있나 보네?"

동호가 말했다.

"응, 기시멘은 일본의 5대 우동 중의 하나야. 칼국수처럼 넓적한 면이 특징이지. 그런데 국물 맛은 전혀 다르네."

"어떤 점이?"

유키의 설명을 듣고 장수가 물었다.

"일본의 우동은 먹어 봤겠지? 일본 우동 국물은 대개 다시마랑 가다랑어포를 써서 맛을 내. 그런데 지금 먹은 칼국수는 고깃국물인 거 같더라고?"

"응 맞아. 보통 우리도 칼국수 국물은 멸치나 조개, 다시마 같은 해산물을 쓰는데, 여긴 닭고기 육수래."

장수와 유키의 말을 듣고 미쿠가 말했다.

"칼국수랑 비슷한 것 중엔 호우토우란 것도 있어. 유키 말대로 국물 맛은 완전히 다르지만."

"그건 어떤 건데?"

동호가 물었다.

"호우토우는 채소와 된장만으로 국물을 만들어. 달콤한 된장국이라고 할까, 면도 이것보단 더 두껍지."

동호가 흥미로운 듯 물었다.

"솔직히 어떤 게 더 맛있어? 말해 봐."

장수는 자신 또한 궁금했던 걸 동호가 대신 물어 주어서 속이 시원했다. 장수에겐 여전히 유키가 얼마나 만족스러운 여행을 하고 있는지가 관건이었다. 미쿠가 먼저 대답했다.

"난 너무 맛있었어. 호우토우랑 다른 맛이 좀 재미있기도 했고."

동호가 미쿠를 보며 활짝 웃었다. 장수는 유키를 빤히 쳐다보며 대답을 기다렸다.

"난 좀 싱거웠어."

장수가 놀라 말했다.

"어? 싱겁진 않던데? 오히려 난 좀 짰…."

"맞아. 나도 간장 한 스푼이 그리웠어."

동호의 말이 끝나기도 전에 미쿠도 유키와 같은 의견을 더했다. 장수는 마음으론 이미 울상이 되어 있었다. 하지만 말하진 못했다.

"그… 그랬어?"

그러고 보니 일본의 국물 음식들은 장수 입맛에 늘 짜게 느껴졌었다. 일본 음식에는 담백하다는 개념이 아예 없는 것 같았다. 지금껏 먹어 본 거의 모든 음식이 지나치게 달거나 짜다는 느낌이었다. 그건 간식보다 주식으로 먹는 것들이 더 심했다. 그런 음식들을 기준으로 하면 우리 음식이 지나치게 싱겁거나 밍밍하게 느껴질 수도 있겠구나 싶었다.

"그렇다고 맛이 없단 건 아냐."

"응, 맛있었어! 오해하진 마."

유키와 미쿠가 동시에 말했다. 미쿠는 말하면서 세차게 손을 내젓기까지 했다. 둘 다 동호와 장수의 서운한 표정을 읽은 모양이었다. 늘 자신만만했던 동호까지 기운 빠진 듯한 걸 보니 장수는 미리 충분히 고민해 오지 못한 자신이 원망스러웠다.

점심을 먹고 나오자 그동안 명동 거리에는 사람들이 두 배는 더 많아진 것 같았다.

"엿장수, 다음엔 어디로 갈 거냐?"

"남산 케이블카."

"아, 좋아! 케이블카 좋아해!"

장수의 대답에 미쿠가 기뻐하며 말했다. 장수는 이번에도 유키의 눈치를 살폈다. 유키는 왠지 모르게 약간 굳은 표정이 되었다. 장수가 물었다.

"유키 넌? 혹시 케이블카 싫어해?"

"아냐, 약간 무섭긴 한데… 못 탈 정도는 아니고…. 엄마 말로는 어릴 땐 곧잘 탔었다니까…."

전혀 생각지 못한 유키의 말에 장수는 어쩔 줄을 몰랐다. 사정도 모르고 동호가 말했다.

"데이트 코스로 케이블카는 필수지! 엿장수 요놈, 나름 로맨티시스트라니까."

장수는 또다시 낙담했다. 비슷한 실패를 반복하다 보면 누구든 그럴 것이었다. 장수는 유키가 무조건 좋아할 거로 생각했다. 지금껏 케이블카를 싫어하는 사람은 본 적이 없었으니까. 고소공포증이라도 있는 걸까? 공포증은 당사자가 아니면 이해할 수 없을 만큼의 공포라는 걸 엄마에게 들은 적이 있다. 죽을 수도 있다는 공포가 차츰 극도로 치닫다가 결국엔 까무룩 정신을 잃을 수도 있다고 했다. 장수는 남산으로 오르는 길에 계속해서 유키의 눈치만 살피고 있었다.

"케이블카 말이야…. 혹시 고소공포증 같은 건가?"

"아냐, 그 정도는."

유키를 뒤따라 걷던 장수가 걱정스레 묻자 유키가 살짝 미소를 지으며 대답했다. 하지만 마음이 편해지진 않았다. 케이블카를 타러 가는 길은 '재미로'라 이름 붙여진 만화의 거리였다. 그 길을 따라 여러 만화 속 캐릭터가 그려진 벽화와 조형물이 즐비했다. 그 앞에서 동호와 미쿠는 연신 사진을 찍어 대고 있었다. 장수는 유키가 신경 쓰여 사진 같은 건 생각지도 못했다. 동호 녀석은 어찌 저리도 한결같을까.

확실히 동호는 주어진 상황을 대하는 태도가 자신과는 다르다고 장수는 생각했다. 장수는 앞에 놓인 상황에서 나쁜 면, 걱정스러운 면들을 주로 보는 반면, 동호는 반대로 좋은 면들을 보고 그걸 일부러 부각시키려 한다. 그러면 실제로 좋은 쪽이 더 크게 자라서 주변 사람들까지 기분 좋게 만들어 준다. 장수는 자신에게는 없는 동호의 그런 태도가 부러웠다. 하지만 쉽게 따라 할 수 있는 건 아니었다. 그건 아마도 성격의 문제인 것 같아 보였다. 장수는 어떤 상황 속에서든 어두운 면을 무시하고 지나칠 수 없었다. 결국 그 어두운 면이 상황을 망쳐 버릴 것 같고 그런 일들은 실제로도 자주 일어나곤 했으니까.

하지만 사람을 사랑할 땐 어떤 쪽이 더 나은 걸까. 장수는 쉽게 답할 수 없었다. 사랑하는 사람이 어려운 상황에 놓였을 때, 밝은 면을 끄집어내 더욱 힘낼 수 있도록 돕는 게 옳은 일인지, 아니면 그 어려움에 들어가 함께 아파하는 게 더 좋은 건지 통 알 수 없었다.

장수는 유키의 뒤를 따라 걸으며 미간에 잔뜩 주름을 짓고 있었다. 그러다 유키에게 말했다.

"유키, 정말 괜찮겠어? 힘들 것 같음 타지 않아도 돼. 응?"

유키가 장수를 돌아보았다. 유키는 장수의 걱정스러운 표정을 보자 웃음이 나왔다. 행복한 웃음이었다. 자신을 걱정하느라 한껏 찌푸린 장수의 표정이 말할 수 없는 행복감을 만들어 내는 것 같았다. 유키는 그런 장수에게 활짝 웃어 보이며 입 모양으로 말했다.

'다이조부(괜찮아).'

장수는 유키의 입 모양이 그렇게 예뻐 보일 수 없었다. 그런 유키가 이번에는 소리 내어 말했다.

"장수군, 우리도 저기서 사진 찍을까?"

"으응…? 여기?"

"응, 나도 얘네 알아. 이 벌레들 본 적 있어. 이름이 뭐더라?"

"라바."

"맞아, 라바! 여기서 사진 찍자."

장수는 멋쩍긴 했지만 자신을 향해 활짝 웃어 주는 유키 얼굴을 보니 걱정스러운 마음이 다 풀리는 듯했다. 장수와 유키가 라바 조형물 앞에서 사진 찍는 걸 본 동호와 미쿠도 다투어 그들 쪽으로 달려왔다.

"야! 같이 찍어야지! 이것들이!"

동호가 달려와 장수의 옆구리를 툭 치며 말했다.

"여태 둘만 붙어 찍어 대더니…."

동호를 보며 장수가 코웃음을 쳤다. 동호는 장수에겐 신경도 쓰지 않고 가져온 셀카봉을 길게 내밀어 넷을 한 화면에 담아냈다. 넷의 활짝 웃는 얼굴이 햇살을 받아 환하게 반짝였다. 여러 장의 사진을 찍는 동안 옆에 있던 유키가 어느 순간 장수의 어깨에 살짝 손을 얹었다. 장수는 심장이 터져 버릴 것 같았다. 그건 사람의 손 같지가 않았다. 어떻게 사람의 손 하나가 이토록 심장을 뛰게 할 수 있을까. 장수는 어깨 위에 마치 온 우주가 내려앉은 느낌이었다. 한 사람이 가진 우주. 한없이 가볍고 보드라운 우주. 장수는 자신이 유키를 사랑하는 게 확실하다고 생각했다.

만화 거리를 얼마 지나지 않아 드디어 케이블카 타는 곳이 나왔다. 매표소에서부터 사람들이 구름떼같이 줄지어 케이블카로 몰려 들어가는 게 보였다. 장수는 불안해졌다. 사람들로 가득 찬 케이블카는 마치 출근길 지옥철과도 같았다. 이래서는 서울의 풍경을 감상하기는커녕 공중에 매달린 채 지옥철 체험을 할 것으로 보였다. 그런데 일행의 바로 앞에서 한 무리의 단체 관광객이 순식간에 마술처럼 사라졌다. 그러자 장수 일행은 줄의 맨 앞에 서게 되었다. 이상히도 일행의 뒤로는 사람이 없었다. 아마도 대형 버스를 타고 온 관광객들 때문에 일시적으로 붐볐던 모양이었다. 장수는 안도했다. 얼마 기다리지 않아 다음 케이블카가 도착했다. 그때 장수는 방금까지만 해도 미쿠와 이런저런 얘길 나누던 유키의 표정이 한 순간 굳어지는 걸 보았다.

"유키, 정말 괜찮겠어?"

"응, 괜찮아. 용기 내 보려고."

유키는 굳어진 표정을 애써 감추며 장수에게 말했다. 장수는 힘겨울 테지만 용기를 내 보겠다는 유키를 더 이상 말리고 싶지 않았다. 어릴 땐 잘 타곤 했었다니 생각만큼 힘들지 않을 수도 있고, 오히려 이번을 계기로 공포증을 극복할지도 몰랐다.

문이 열리고 일행이 모두 케이블카 위에 올랐다. 장수는 혹시나 있을지 모를 상황에 대비하기 위해 바짝 긴장한 채 유키의 옆에 딱 붙어 섰다. 유키는 차내에 있는 손잡이를 두 손으로 꽉 붙잡았다. 잠시 다음 손님을 기다리던 케이블카는 이내 문을 닫고 출발하려 했다. 그때 덜컹, 하고 차체가 흔들렸다.

"마앗(어머)!"

약하게 흔들렸을 뿐인데도 유키는 너무 긴장하는 바람에 중심을 잃고 손잡이를 놓쳤다. 그리고 놓친 한 손으로 장수를 와락 껴안았다. 졸지에 두 사람이 포옹을 하게 되자 미쿠가 소리쳤다.

"헤에에?"

장수는 순식간에 얼굴이 달아올랐다.

"엉큼한 놈 같으니! 넌 체면이란 것도 없냐? 크크크."

동호가 제 말만큼이나 엉큼한 표정으로 웃으며 말했다.

"스미마셍(미안해)."

유키가 말했다. 미쿠가 가까이 가 유키의 등을 쓸었다.

"유키, 괜찮아? 앗, 출발한다!"

잠깐의 소란 뒤에 케이블카가 움직이기 시작했다. 어설프긴 했지만 유키와 포옹을 하게 된 순간 맡은 유키 냄새 때문에 장수는 정신을 차리기가 힘들었다. 딱히 향수를 뿌린 것도 아닌 것 같은데, 사람 몸에서 이런 냄새가 날 수도 있는 걸까. 장수는 이 냄새가 유키가 일본으로 돌아간 후에라도 오랫동안 기억에 남을 것 같았다. 케이블카는 생각보다 빠른 속도로 움직였고 유키는 손잡이를 꼭 쥔 채 여전히 극도의 긴장 상태였다. 고도가 높아질수록 서울 시내가 더 크고 멀리 보였다. 미쿠는 계속해서 탄성을 질러 댔다. 말한 대로 케이블카를 정말 좋아하는 모양이었다. 그때 동호가 아까부터 궁금했던 것이었는지 말을 꺼냈다.

"근데 아까 칼국수 말이야…. 칼국수랑 비슷한 음식은 있어도 일본에 수제비 같은 건 없겠지?"

장수는 유키에게 계속 신경을 쓰느라 제대로 통역해 줄 정신도 없었다. 동호는 휴대 전화에서 수제비 사진을 찾아 아이들에게 보여 주었다.

"수제비는 말야, 적은 양의 음식을 여러 사람이 나눠 먹기 위해 만들어진 건데, 얇게 만든 밀가루 반죽을 손으로 뚝뚝 떼어 익혀 먹지."

장수는 동호가 또 무슨 분란을 만들어 내려는 건 아닌지 걱정스러웠다. '넌 또 무슨 말이 하고 싶은 거냐?'

미쿠가 동호의 휴대 전화 속 사진을 들여다보고는 말했다.

"앗, 이건 단고지로!"

"엥? 수제비 비슷한 것도 있어?"

"응, 이건 딱 단고지론데?"

손잡이에만 매달려 있던 유키도 동호 곁으로 가 사진을 보았다.

"미쿠, 단고지로가 뭐지?"

"뭐야, 미쿠는 아는데 유키 넌 모르는 음식이야?"

동호가 의아해하며 물었다. 미쿠가 대신 설명했다.

"응, 그럴 수 있지. 난 교토에 살기 전에 규슈 섬에 있는 나가사키란 곳에 살았어. 거기서 멀지 않은 곳에 구마모토가 있지. 우리 외할머니 댁이 있는 곳이야. 구마모토의 토속 음식 중에 단고지로라는 게 있어. 이 사진에 있는 수…제비…?랑 거의 비슷한 음식 같은데…. 돼지 뼈나 닭 뼈로 국물을 내고 거기에 얇은 반죽을 뜯어 넣어 만들어."

"정말 일본이랑 우린 비슷한 음식이 많구나…."

장수가 말했다.

"응, 그런 것 같아. 동호가 말한 대로 이 음식도 집에 손님이 많이 오게 되면 만들어 먹는 음식이니까 발생한 목적부터가 닮았는걸."

미쿠가 설명을 덧붙였다. 동호는 왠지 기분이 상한 표정이 되었다.

"아닌데…. 일본 사람들은 뭐든 각자 먹는 걸 좋아하잖아. 우리처럼 찌개에 여럿이 함께 숟가락을 넣는 일은 없지 않아? 철저하게 개인적인 문화라고나 할까."

"네 말 속엔 뭔가 차별적인 인식이 들어 있는 것 같아."

동호의 말을 듣고 유키가 말했다. 장수는 다시 뭔가가 시작될 것 같은 불길한 예감이 들었다. 유키는 더 이상 자신이 케이블카에 타고 있고, 그것이 점점 높은 고도에 다다르고 있다는 사실 따위는 잊은 듯했다.

"맞는데? 일본의 음식 문화는 우리와 달리 반찬 하나를 상에 놓더라도 그걸 함께 먹지 않잖아. 각자 개인 접시에 차려서 먹지 않나?"

"그걸 아니라고 하는 게 아니야. 지금 네 말 속에는 함께 먹는 문화는 좋고 따로 먹는 문화는 나쁘다는 생각이 깔린 것 같단 거야. 아니야?"

동호는 유키가 다그치자 잠시 움츠러드는 듯하더니 다시 말했다.

"그건 사실이지. 일본 문화 속엔 공동체보단 개인이 우선이란 인식이 깔려 있지. 그게 음식 문화로도 나타나는 거고. 우린 아니라는 거지. 우린 언제나 뭐든 나누어 먹고 서로 돕고…."

이 말을 듣던 미쿠가 뜻밖에 동호를 막고 나섰다.

"동호 군, 네 말을 듣고 보니 난 유키 말이 점점 맞는다는 느낌인걸? 누구든 자기 문화를 사랑할 자유는 있지만 그걸 기준으로 남의 문화를 비난할 자유는 없다고 생각해."

"그게 정말 네 생각인 건지 잘 생각해 봤음 좋겠어."

미쿠의 의외의 말에 놀라 동호는 잠시 서운한 표정을 짓다가 유키의 말에 발끈해 눈을 부릅떴다.

"정말 내 생각인지 생각하라니! 넌 날 무슨 세뇌당한 정신병자라도 되는 듯 취급하는 거야?"

걷잡을 수 없을 것 같은 상황에 장수는 어떻게 해야 할지 판단이 잘 서지 않았다. 누가 봐도 유키와 미쿠의 논리가 더 세련돼 보이긴 했지만, 여기서 둘의 편을 든다면 동호가 너무 안쓰러워질 것 같았다. 유키가 말했다.

"동호 군, 네 말 속엔 두 가지 잘못이 있어. 하나는 네가 속한 문화를 기준으로 다른 문화를 판단한다는 거지. 난 한국 문화를 비하할 마음이 전혀 없어. 그런데 넌 한국의 문화를 우월하다고 전제한 뒤 그 나머지는 열등하거나 부족하다고 생각하고 있는 거야. 그런 생각이 대체 언제 어떻게 생겨난 건지 생각해 보란 말이야."

동호는 점점 억울한 표정이 되어 갔다. 장수는 상황을 진정시켜야겠다고 생각하고 끼어들 틈을 노리고 있었다. 그때 미쿠가 말했다.

"사람들이 사는 방식은 환경과 시대에 따라 자연스럽게 선택된 것들이잖아? 사람들이 모여 살다 보면 비슷한 생각의 덩어리들이 만들어지기도 하지만, 어떤 가치를 우선에 두는지는 각자 다양하게 나타나겠지. 어떻게 한 사회에 속한 사람들이라고 모두 같은 생각일 수 있겠어?"

"응, 내가 말하려던 두 번째가 바로 그거야."

유키가 말했다. 믿었던 미쿠까지 자신에게 등을 돌렸다고 생각한 모양인지 동호는 전의를 상실한 것처럼 보였다. 동호는 한마디도 못 하고 있었다. 장수가 끼어들고 말고 할 필요도 없이 싸움은 끝난 것 같았다. 기세등등하던 동호가 울상이 되자 장수는 안타까운 마음에 동호를 쳐다보기가 힘들었다.

"하지만!"

풀죽은 듯했던 동호가 갑자기 소리쳤다. 모두가 깜짝 놀랐다.

"무엇이든 시작이란 게 있어! 비교적 선진적인 문화는 늘 존재해 왔지."

장수는 마음으로라도 조금은 동호를 응원해 주고 싶었다. 동호의 논리는 너무나 빈약해서 공격당하기가 쉬웠기 때문이다. 동호가 계속 말했다.

"김치 같은 음식도 말이지, 좋아 보이니까 가져가서 자기 음식처럼 포장했던 거 아냐! 기무치라고 이름을 바꿔 수출까지 하고 말이야. 너네도 알지? 명란젓도 우리가 만들어 먹던 걸 너희가 가져가서 구워 먹기 시작한 거고!"

여기까지 듣고 난 유키가 말했다.

"잘 모르고 있는 것 같은데, 기무치가 한국에서 왔다는 걸 모르는 일본인은 없을 거야. 그걸 일본 음식처럼 포장하는 게 아니라, 일본에 온 이상 그건 어떻게든 바뀔 수 있고 누구나 누릴 수 있는 음식 문화가 되었다고 하는 쪽이 맞지 않을까? 너흰 돈가스를 먹으면서 늘 일본 음식이라고 생각하며 먹어? 그리고 일본식이 아닌 돈가스는 전혀 없는 거니? 아닐 거 같은데…."

듣고 보니 그랬다. 장수가 알기로도 어묵, 초밥, 라면, 단무지 같은 음식들이 죄다 일본에서 건너와 우리 음식처럼, 때로는 우리 입맛에 맞게 변형해서 즐기고 있는 것들이었다. 통역만 하던 장수는 동호의 기분이 상하지 않도록 조심스레 말을 꺼냈다.

"맞아, 카레는 인도 음식인데 우리가 먹고 있는 건 대부분 일본에서 개량한 형태의 카레라고 나도 알고 있어. 단팥빵도 서양 음식인 빵에다 일본이 팥소를 넣어 먹기 시작한 게 유래라 들었고. 김 같은 경우는 일본식 마른 김에다 우리가 양념을 해 구워 먹기 시작한 게, 지금은 한국에서 제일 인기 있는 관광 상품이 되었고…."

"그래, 동호 군, 잘 보면 문화는 어떤 게 먼저다, 더 낫다 하는 식으로 구분 짓거나 우위를 주장하는 게 쓸모없어 보여. 그런 이유로 많은 약소국, 약소민족의 문화가 폄하되고 악의적인 목적으로 훼손당하기도 했던 걸 역사 속에서 많이 찾아볼 수 있잖아."

미쿠가 말했다.

"그러게…. 일본의 식민지 정책으로 우리 전통문화가 많이 훼손되었다고 네가 늘 입버릇처럼 말해 놓고선…."

장수는 이렇게 말하고 동호를 살폈다. 동호는 나라를 잃은 표정이었다. 뭔가 반박할 말이 생각나지 않는지 동호는 케이블카의 창밖만을 바라보고 있었다. 마지막으로 유키가 말했다.

"문화 사이의 우열을 가리는 태도에는 인간에 대한 기본적인 존중이 없다고 생각해."

철컹.

음식 문화에 관한 토론이 이어지는 사이 어느덧 케이블카는 남산 정상에 도착해 있었다.

"유키야, 도착했어! 너 아무렇지 않게 여기까지 와 버렸네?"

정상까지 오는 동안 유키가 아무런 문제없이 케이블카에 타고 있었다는 사실을 제일 먼저 알아차린 건 미쿠였다. 가장 놀란 건 유키 자신이었다.

"어머, 정말이네! 나 정말 전혀 무섭거나 떨리지 않았어."

"이건 다 동호 네 덕분인 것 같은데?"

장수가 딴청만 부리던 동호를 보며 말했다. 유키는 동호를 마구 쏘아붙인 것에 그제야 미안한 마음이 들었다.

"동호 군, 고마워. 네 덕분에 공포증을 극복할 수 있었던 거 같아. 먹고 싶은 거 있음 다 말해! 오후 간식은 내가 살게!"

동호는 어이없다는 듯 유키를 한번 흘겨보더니 말했다.

"사실 방금 얘기 듣고 나서 자존심이 좀 상하긴 하는데…. 나… 단팥빵을 무지 좋아해. 요 아래 명동성당에 무지 맛있는 단팥빵집이 있거든."

한 걸음 더 깊이 들어가기

일본 음식으로 태어난 서양 음식

한일 국민이 서로를 느끼는 호감도는 조사 시기와 상관없이 대체로 세계에서 가장 나쁘다고 합니다. 한국인은 대체로 70~80퍼센트가 일본에 대해 부정적이고 일본인은 50~60퍼센트가 한국을 부정적으로 봅니다. 독도 문제나 위안부 문제가 쟁점이 될 때는 일본을 부정적으로 보는 사람이 90퍼센트를 넘기는 일도 흔한 일입니다. 그런데 재미난 것은 아무리 상대를 미워해도 서로의 음식만큼은 점점 더 사랑받는다는 것이지요. 독도 문제가 첨예하게 이슈가 되어도 한국 사람들은 열심히 돈가스를 먹고 일본 사람들은 즐거워하며 불고기를 먹습니다. 도대체 음식이 가진 어떤 힘이 이처럼 묘한 관계를 가능하게 할까요? 서로에게 이미 친숙해진 음식의 유래에 담긴 역사를 잠시 살펴보겠습니다.

한국과 일본은 수천 년 교류한 이웃치고 음식 문화가 꽤 다릅니다. 고추와 마늘, 생강 등 맵고 강한 맛은 한국을 대표하고 달고 짠맛, 감칠맛은 일본을 대표합니다. 우리는 비빔밥처럼 여러 음식을 섞어 먹거나 탕이나 찌개를 함께 떠먹지만 일본은 식재료 고유의 맛을 즐기고 음식도 따로 덜어 먹는 것이 일반적입니다. 우리는 밥그릇을 바닥에 놓고 먹는 반면 일본은 밥그릇을 손에 들고 먹는 것도 쉽게 눈에 띄는 다른 점이지요. 식당에서 주문과 동시에 여러 밑반찬이 나오는 한국과 달리 일본은 밑반찬이 거의 없는 단품 위주입니다. 한국은 밥을 스테인리스 그릇에 미리 담아 두었다가 손님이 오면 재빨리 꺼내는 반면 일본은 갓 지은 밥을 사기그릇이나 나무 그릇에 담아내는 것도 두 나라 문화의 차이라 하겠습니다. 생각보다 차이가 크게 느껴지나요? 근대 이전에는 음식 재료도 큰 차이가 있는데 우리나라는 유교 국가로 고기를 중심으로 한 제사 음식이 발달한 반면 일본은 불교 국가로 채소 중심이며 육류는 거의 다루지 않았습니다.

하지만 서로가 지켜 오던 고유의 음식 문화는 서양 세력의 등장으로 일본에서 먼저 큰 변화가 일어났습니다. 일본은 중국이나 한국과는 달리 개항 후 적극적으로 서양의 문화를 받아들였습니다. 일본과는 다른 서양 음식 문화를 더 우월하게 여겨 먹지 않던 고기를 먹기 시작했고 서양의 주식인 빵을 먹기 위해 노력했습니다. '노력'이라는 말은 먹기는 먹어야겠는데 입맛에 꼭 맞지는 않으니 일본인의 입맛에 맞게 변형했다는 의미입니다. 예컨대 1874년 도쿄 기무라야 빵집에서 태어난 단팥빵이 대표적입니다. 서양식 효모가 입맛에 맞지 않아 술 누룩을 이용해 반죽을 발효시켰고, 만두나 찐빵 안에 팥(당시 일본은 불교 국가라 고기 대신 팥을 넣었음)을 넣듯 빵 안에도 팥을 넣었습니다. 서양식 빵과도 다르고 기존의 만두나 찐빵과도 다른 새로운 음식인 단팥빵이 태어난 것입니다. 단팥빵은 당시 일본 왕과 왕비가 즐겨 먹으면서 국민 빵 반열에 올랐고 1904년 '크림빵', 1932년 '소보로빵'이 탄생하면서 일본식 빵은 일제 강점기 우리나라에 전해졌습니다. 우리나라 최초의 빵집인 군산의 이성당(1945년)은 일본인이 운영하던 빵집 이즈모야(1920년대)에서 유래되었죠. 이곳의 대표 빵도 단팥빵입니다.

돈가스는 프랑스 고기 음식인 코트렛트에서 시작되었습니다. 코트렛트의 영어식 표현인 커틀릿을 카츠레츠로 표현했는데 이를 줄여 카츠라 했고 재료도 소나 양에서 돼지로 바꾸며 돼지 '돈豚' 자를 붙여 돈카츠가 되었습니다. 조리법도 서양의 프라이팬이나 오븐 대신 일본식 튀김 요리(덴뿌라)처럼 빵가루를 입혀 튀기는 방법을 썼고 완두콩, 감자, 당근 대신에 느끼함을 가시게 하는 양배추를 얇게 썰어 내놓았습니다. 젓가락 문화에 맞추어 돈카츠를 미리 썰어 내 놓는 것 역시 일본식 방법이라 할 수 있습니다. 돈카츠 역시 일제 강점기에 우리나라에 소개가 되었는데 두툼한 형태의 일본과 달리 넓고 얇은 형태로 정착했습니다. 명칭도 돈카츠의 한국식 발음인 '돈가스'가 되었습니다.

세계에서 가장 다양한 참치 부위를 회로 소비하는 것도 소고기를 부위별로 먹는 서양의 문화를 일본식으로 받아들인 결과입니다. 이처럼 음식은 다양한 문화 변형이 일어날수록 더욱 사람들의 관심과 지지를 받게 됩니다. 새로운 전통으로 자리 잡은 일본 음식처럼 꽉 막힌 한일 간의 여러 문제도 다양한 시도와 변형을 통해 새로운 해법이 열리길 기대해 봅니다.

7. 생수병

#마음_성장통

#시인이라_불러다오

#피그말리온_효과

#세상제일_무서운_생각

#꼭_찾아보자_조선인추모비

유키와 미쿠가 일본으로 돌아간 후 한반도와 일본 열도에는 몇 년 만의 대단한 폭염이 휩쓸고 지나갔다. 하지만 장수는 폭염을 견디는 것보다 유키에 대한 그리움을 참는 게 더 힘겨웠다. 가끔 유키와 문자를 주고받긴 했지만 그렇게 나누는 대화는 아무리 오랜 시간이라도 부족한 느낌이었다. 그리움이란 건 사람의 얼굴을 그린다는 것에서 온 말일까. 만약 그렇다면 장수는 지금까지 수만 장의 그림을 그린 듯했다. 절대 과장이 아니었다. 꿈속에서도 장수는 유키의 얼굴을 그렸다. 하지만 그건 늘 성공적인 일이 아니었다. 진심으로 사랑하는 사람의 얼굴은 자세히 떠올리기가 힘들다는 말을 언젠가 들은 적이 있었다. 과연 그랬다. 유키의 얼굴을 떠올리는 건 그리 쉽지 않았다. 장수는 그 사실이 뿌듯하기도 했다. 유키에 대한 마음이 진심이란 걸 증명하고 있지 않은가.

여름이 지나는 동안 장수는 자신이 훌쩍 커 버린 느낌이었다.

키나 몸집이 아니라, 그런 뻔하고 당연한 게 아니라, 마음이, 무언가를 가득 채우고도 남을 만큼이 된 느낌이었다. 그건 그만큼 아픈 일이기도 했다. 몸이 자라는 데도 성장통이란 게 있듯, 마음이 자라는 데도 아픔이 생기는 건 당연한 일인 것 같았다. 그와 관련해서 장수에게는 얼마 전 이상한 일이 하나 있었다. 동시 한 편 써 본 적 없던 장수가 교내 백일장에서 1등을 차지한 것이다.

"이게 웬 뜬금없는 상장이냐?"

엄마가 말했다.

"아니, 산문도 아니고 시라니. 장수 네가 시를 썼다고? 뭘 베낀 건 아니고? … 혹시나 그랬다면 그건 범죄다. 꼭 사실대로 털어놔야 해."

역시 엄마였다. 세상에서 장수를 제일 잘 아는 사람. 하지만 지금은 단지 그렇다고 착각하는 사람.

"어머님, 그런 인신공격에 대해선 깊은 유감을 표하고 싶군요. 어머님이 잘 알지 못했던 또 다른 제가 쓴 거라고 해 두죠."

"이놈이, 너 일루 안 와!"

유키를 보지 못하는 마음을 글로 쓴 것뿐인데 그런 게 시가 될 수 있다니, 게다가 1등이라니. 장수 역시 놀라긴 마찬가지였다.

학교 문학 시간에 배운 인간의 여덟 가지 고통이 있었지. 그중 장수가 가장 공감했던 건 '애별리고愛別離苦'였다. 사랑하는 사람과 떨어져 있는 고통. 과연 '고통 베스트 8'에 들 만했다. 고통은 행복의 그림자라지만 어쩌면 반대로 행복이 고통의 그림자가 될 수도 있지. 고통스럽지만 한 사람을 사랑하는 일. 비록 그것이 서로 같은 크기의 감정이 아니라고 해도. 그리고 그것으로 인해 자신이 커가는 것. 고통에는 이런 행복한 그림자가 뒤따르기도 한다.

유키를 좋아하게 되면서부터 장수에겐 달라진 게 또 있었다. 바로 인생의 목표. 다르게 말하자면 삶의 이유랄까. 공부해서 좋은 대학에 가고 남들보다 나은 직업을 갖고 좀 더 풍족하게 사는 것. 이것이 대부분의 친구가 하루 종일 답답한 교실에 앉아 견디는 이유라면, 또 어른들이 말하는 바람직한 우리의 미래라면, 장수는 이제 그것들과는 헤어져도 되겠다고 생각했다. 훨씬 절실한 목표들이 생겼으니까. 그건 모두 유키와 연관된 것이었다. 일본에 있는 학교에 진학하는 것. 꼭 일본이 아니더라도 유키와 가까이 지낼 수 있다면 어디든 좋았다. 거기서 같이 직장을 구하고 오래도록 헤어지지 않고 함께 사는 것. 대학이나 직장은 상관없었다. 오직 유키만이 중요했다. 유키와 함께라면 어떤 직업이든 힘들 일이 없을 것 같았다.

"아직 고백도 못 한 주제에 살긴 어딜 가서 살아?"

동호의 말이었다. 녀석은 아픈 곳을 후벼 팠다. 동호는 이런 말도 했다.

"유키랑 사귀게 됐다 쳐. 근데 그 한 가지 기준으로 네 진로를 결정했다가 나중에 헤어지기라도 하면 어떻게 할 건데? 다시 귀국해? 처음부터 다시 시작해?"

꼭 엄마에게나 들을 법한 얘기였다. 녀석이 하는 말은 대체로 재수가 없었지만 반박하기 힘들 때가 있었다. 그런데 더 힘든 지적도 있었다.

"일본인과 연애나 결혼을 할 수 있을까? 난 잠시였지만 미쿠랑 다니는 동안 그런 생각이 들던데…."

"무슨 말이야? 왜?"

"일본과 우린 겉으론 친한 척하면서도 늘 고질적인 갈등을 겪고 있잖아. 내 생각에 이건 절대 사라지지 않아. 유키네 부모님은 뼛속까지 일본인일 거고, 걔네 친척들도 마찬가지일 테고. 그런 사람들과 가족을 이루게 되는 건데, 나중에 그런 민감한 문제들에 관해 물으면 뭐라 대답할 건데?"

"이 자식이…, 너야말로 가상 결혼까지 했던 거냐? 고백도 안 한 주제에?"

"얌마, 난 충분히 생각한 후에 고백하지 않기로 한 거야. 난 너 같은 얼치기랑 다르다고! 예들 들면 유키의 부모님이 '한국에서는 정권이 바뀔 때마다 위안부 문제나 식민 지배에 대해 계속 사과를 하라고 하던데, 우리 사위의 생각도 그런가?' 물으신다거나 '일본과 한국의 독도 영유권 분쟁에 대해 자네는 어떻게 생각하는가?' 하시거나, '이미 유네스코 세계문화유산이 된 하시마(군함도)를 가지고 한국은 왜 자꾸 시비를 거는지 모르겠구나.'라거나, 심지어 '오늘 월드컵 축구 한일전이 있다는데 자네는 누굴 응원할 건가?' 한다면. 응? 어쩔 거냐고?"

정말 일본 땜에 망한 기분이었다. 동호가 던진 가상 질문에 장수는 단 한 가지도 적절한 대답을 찾을 수 없었다. 우리와 일본 사이에는 어쩜 이리도 민감한 문제가 많을까. 동호의 말대로 이것들은 절대 해결되지 않은 채 백 년 만 년 지속할 것인가. 그러면서도 장수는 이런 생각을 했다.

'유키와 내가 사귀는 데 이런 문제들이 정말 방해가 되는 요소일까? 우리가 사귀는 일이 이런 문제들을 해결하는 데 도움이 되게 할 순 없을까?' 하지만 장수는 당장 동호 앞에선 이런 생각을 말하지 않았다.

기말고사가 끝나고 겨울 방학을 며칠 앞둔 어느 날 동호가 의외의 소식을 전했다. 미쿠가 장수와 동호를 일본의 나가사키로 초대했다는 것이다.

"야, 반응이 왜 이래? 기대되지 않아?"

소식을 듣고도 장수의 반응이 미적지근하자 동호는 의아했다.

"근데 왜 교토가 아니라, 나가사키래?

"아, 미쿠의 고향이 거기라던데. 나도 한번 가 보고 싶었던 곳이지."

나가사키든 교토든 장수의 관심은 여행지가 아니었다. 장수는 오직 유키를 만날 수 있을지에만 관심이 있었다. 그런데 동호가 자꾸 미쿠 얘기만 하니까 불안했던 거였다.

"오랜만에 우리 넷이 다시 뭉치는 거야! 엿장수, 근데 표정이 왜 그러냐니까?"

"우리 넷?"

"잘은 모르겠는데, 미쿠 말로는 유키도 오고 싶어 했다니까…."

"흠…."

그날 밤 장수는 유키에게 연락을 했다. 유키는 교내 연극제에서 대본 작업을 맡았는데, 그것 때문에 요즘 계속 바쁘다는 것이었다. 그래서 나가사키 여행에 대해선 확실치 않다고 했다. 절망적이었다. 장수는 본심을 드러내지 않고 유키에게 물었다.

"쓰고 있는 연극은 무슨 내용이야?"

"비밀이야. 궁금하면 직접 와서 봐. 공연은 방학이 끝날 때쯤이야."

유키는 방학 중 열리는 연극제에 장수도 꼭 와 주었으면 좋겠다고 했다. 장수는 뛸 듯이 기뻤다. 하지만 당장이 문제였다.

방학이 시작되자마자 동호와 장수는 미쿠의 고향이라는 나가사키로 떠났다. 항공편 티켓팅은 동호가 맡았고 전체 일정과 동선은 미쿠가 알아서 짰다고 했다. 미쿠네 외삼촌 댁을 숙소로 사용할 예정이었기 때문에 비용도 많이 절약할 수 있었다. 장수는 짐을 꾸려 따라가기만 하면 되었다. 모든 게 완벽했지만 유키가 동행할지에 대해선 아무도 몰랐다. '일본까지 갔는데 유키를 보지도 못하고 돌아온다면 그걸 견딜 수 있을까. 이럴 바엔 아예 가지 않는 쪽이 낫지 않을까.' 하고 장수는 생각했다. 이런 장수의 마음을 알아챘는지 동호가 말했다.

"넌 그냥 교토로 갈래? 교토로 가서 유키 얼굴이라도 보고 오고 싶다면 그렇게 하는 게 어때?"

자신의 속마음을 훤히 들여다보는 것 같은 동호의 말에 장수는 흠칫 놀랐다. 하지만 동시에 장수 역시 동호의 속마음을 들여다본 것 같았다.

"오호, 나 없이 미쿠랑 둘이서만 보내고 싶다?"

"꼭 그런 건 아니고, 하하."

장수는 동호 말대로 하는 것도 나쁘지 않아 보였다. 하지만 그건 너무 노골적인 데이트 같기도 했고 숙소 문제도 있었다. 유키의 일정이 어떻게 되는지도 모르는 채 덜컥 유키네에 짐을 풀 수는 없었다. 그랬다 하더라도 유키와 계속 붙어 지낼 수 있는 것도 아니었다. 그렇다면 교토나 나가사키나 뭐가 다를까? 어떤 쪽을 택하더라도 유키를 마음껏 보지 못하는 불행에 휩싸일 것 같았다.

나가사키는 오사카보다도 위도가 낮아서 아직도 계절이 겨울 같지 않았다. 동호는 괜히 두꺼운 외투를 입고 왔다며 도착 때부터 짜증을 냈다. 성수기가 아닌데도 입국 심사대에 늘어선 줄이 상당했다. 장수 생각엔 나가사키가 그리 대단한 관광지도 아닌 데다가 지금껏 원폭 피해 도시라는 것 말고는 딱히 들어 본 적도 없는 곳이어서 이렇게나 줄이 긴 것은 이해하기 어려웠다. 동호가 입고 있던 외투를 짜증스럽게 벗는 동안 장수는 얼핏 입국장을 나서는 문이 열리는 걸 봤다. '저 문밖에 유키가 있었으면…. 유키가 날 기다리고 있다면 얼마나 좋을까.' 오늘처럼 어른 없이 나라 밖을 나오게 된 건 처음 있는 일인데, 장수는 전혀 설레지 않았다. 일정 동안 돌아보게 될 곳들과 오랜만에 만나는 미쿠, 미쿠네 외갓집 어른들과의 만남도. 평소 같았다면 설레는 마음으로 이것저것 미리 찾아보고 상상해 보는 게 또한 여행의 즐거움이었는데. 이번 여행에 대해선 전혀 그렇지가 않았다. 유키가 없다는 건 그런 일이었다.

"꾸물대지 말고 빨리 나가 봐."

심사대에서 다시 받아 든 여권을 가방 깊숙이 쑤셔 넣고 있던 장수에게 동호가 말했다.

"어?"

“빨리 나가 보라고 인마. 네가 그토록 그리던 세상이 저 문밖에 펼쳐질 테니까. 하하.”

동호의 얼굴을 보며 잠시 멍했던 장수는 갑자기 정신이 번쩍 들었다.

“너, 이 자식!”

후다닥 자동문을 나선 장수가 두리번거리자 가까이서 귀에 익은 목소리가 들렸다.

“장수 군!”

장수는 그만 눈물이 날 뻔했다. 장수를 보며 눈부시게 활짝 웃고 있는 사람은 바로 유키였다. 저 사람이 실제로 존재하는 사람이었다니. 상상 속에서만 그리던 모습의 유키가 눈앞에 나타나자 장수는 자신이 마치 조각상에 숨을 불어넣은 피그말리온이 된 것 같았다. 나를 기다린 완벽한 조각상, 유키. 이걸 피그말리온 효과라고 하던가? 절실히 원하는 건 이루어지게 돼 있다는?

“유키! 어찌 된 일이야? 어제 마지막으로 물었을 때도 못 온다고 했었잖아?”

“설마 그러길 바란 건 아니지?

유키가 말했다. 당연히 아니지! 장수는 순간 속내를 들킨 부끄러움에 귓불이 뜨겁게 달아올랐다.

“장수 군, 나는 전혀 보이지 않는 거야?

미쿠가 말했다. 동호가 음흉한 눈빛을 띤 채 미쿠 쪽으로 다가갔다.

"흐흐, 아마 장수는 네 목소리가 들리지도 않을 거야."

동호의 말을 듣고 모두가 놀랐다. 미쿠가 물었다.

"너, 지금 일본어로 말한 거니?"

동시에 눈이 동그래진 일행을 보며 동호가 씩 하고 웃었다.

"일본어 공부를 좀 해야겠더라고. 그래서 시험공부 대신…, 하하. 아직 걸음마 수준이지. 다음 달엔 일본어 자격시험을 볼 예정이야."

"정말 놀랐어. 대단해 너! 근데 왜 갑자기 일본어 공부를…?"

유키가 물었다.

"지피지기면 백전백승이라고! 아니 뭐, 살다 보면 필요해질 것도 같고…. 하하하, 그만들 하고! 일정을 시작해야지, 미쿠?"

동호다운 말실수를 하긴 했지만 하여튼 놀라운 일이었다. 동호는 무슨 생각으로 몰래 일본어 공부를 하고 있었던 걸까?

"장수 군이 가르쳐 준 건 아니고? 너도 몰랐던 거야?"

미쿠가 장수를 보며 물었다. 미쿠의 말을 듣고 보니 장수는 제일 친한 녀석인 동호에게 약간의 배신감 같은 걸 느끼기도 했다. 이 녀석이 몰래 무언가를 공부할 놈이 아닌데. 게다가 방금 들은 동호의 일본어 발음과 문장은 얼핏 들어 나무랄 데 없는 것이기도 했다. 단 몇 개월 만에 그런 실력을 쌓았다면 녀석은 그동안 얼마나 열심히 노력했던 걸까. 장수는 동호의 의중이 궁금했지만 지금은 묻지 않기로 했다.

어쨌거나 장수를 속이자는 계획은 대성공이었다. 그건 장수를 뺀 모두가 장수의 속마음을 알게 된 계기가 되기도 했다. 유키 역시 장수와 그동안 주고받은 메시지를 통해 그전부터 장수의 마음을 눈치채고는 있었다. 많은 사람 앞에서와는 다르게 장수는 수줍음이 많은 아이였다. 장수가 아무리 숨기려 해도 유키는 알 수 있었다. 장수의 마음이 온통 유키 자신에게 향해 있다는 것을.

나가사키는 교토와는 달리 항구를 끼고 있어 뭔가 활기찬 느낌을 주는 도시였다. 하지만 인구가 적어서인지 전체적으로 한적한 분위기였다.

"느낌이 뭐랄까…, 우리나라 인천이랑 좀 비슷한데?"

장수가 말했다.

"아니지, 분위기로 보자면 군산에 더 가깝지. 와서 보니, 왜 군산에 나가사키 은행이 있었는지 알겠군."

"그거야 곡식을 수탈하는 기지였으니 그랬겠지, 그거랑 나가사키의 분위기랑 무슨 상관이냐?"

공항에서 시내까지는 리무진 버스로 40~50분 정도 걸린다고 했다. 동호와 장수 둘은 창밖을 보느라 옆통수를 맞대고 저희끼리 계속 떠들어 댔다. 유키와 미쿠도 오랜만의 여행에 들뜬 표정이었다. 2박 3일의 짧은 일정이어서인지 일행은 낯선 도시의 풍경을 조금이라도 더 많이 눈에 담고 싶어 하는 듯했다.

"배고프지? 점심부터 먹고 시작하자. 특별히 먹고 싶은 건 있어?"

미쿠의 말이 끝나기도 전에 동호가 손을 들고 외쳤다.

"나가사키 찬폰(짬뽕)!"

"나가사키 짬뽕이 한국에서도 유명한 모양이네?"

유키가 물었다.

"응, 일본식 식당마다 많이 팔긴 하지. 한때는 같은 이름을 딴 인스턴트 라면도 인기가 있었고."

장수가 대답했다. 나가사키 짬뽕을 실제로 나가사키에 와서 먹다니, 동호와 장수는 군침이 돌았다. 장수는 이게 다 유키를 만났기 때문이라 생각했다. 유키가 없었더라면 아무런 기대감도 생기지 않았으리라.

최고의 점심이었다. 동호는 태어나 이렇게 맛있는 나가사키 짬뽕은 처음 먹어 본다며 탄성을 질렀다. 가게를 나와서도 마찬가지였다.

"야하! 이게 바로 오리지나루(오리지널)의 힘이란 건가!"

동호의 목소리가 조용한 거리에 메아리를 만들어 내며 쩌렁쩌렁 울렸다. 장수는 갑자기 이상한 느낌이 들었다. 방금까지만 해도 이렇게까지 조용한 거리는 아니었는데. 잠시 동굴 같은 에스컬레이터에 올랐다가 내리자 장수는 그제야 일행이 어느 한적한 공원 안에 들어섰다는 걸 깨달았다. 지형이 높아 주변 경관이 한눈에 들어왔다. 아기자기한 광장에 햇살이 가득 차 있었다.

"평화 공원이야."

미쿠가 말했다.

"아."

볼록 튀어나온 배를 두드리며 걷던 동호가 걸음을 멈췄다.

"저쪽 길 끝에 있는 거대한 조각상은 원폭 10주년 기념상이야. 동상의 오른손이 하늘을 향해 있는 건 원폭의 위협을, 왼팔이 수평으로 뻗어 있는 건 땅 위의 영원한 평화를 상징한다고 해."

"바쿠신지 고엔(폭심지 공원)도 바로 이 근처에 있지?"

동호가 물었다.

"응, 맞아. 어떻게 그걸?"

유키가 놀라며 물었다. 자신도 처음 와 보는 곳에 대해 한국인인 동호가 더 잘 아는 것 같았기 때문이었다.

"인터넷 지도 검색 한 번이면 다 뜨는 걸 뭐. 오기 전에 공부 좀 했지."

놀라긴 장수도 마찬가지였다. 유키의 동행 여부만 신경 쓰다 결국 모든 걸 체념한 채 몸만 따라나선 길이었기 때문에 장수는 이번 여행에 대해 사전 조사는 물론 별 기대감도 없었다. 그런데 동호는 달랐다. 미쿠가 동호에게 먼저 이번 여행을 제안했다는 점, 이곳이 미쿠의 고향이라는 점 등이 동호에게는 반드시 해결해야 할 미션 같은 거로 여겨졌을지도 몰랐다. 또 동호는 통역이 따로 필요 없을 만큼 큰 무리 없이 지금껏 아이들과 일본어로 대화를 이어가고 있었다. 여러모로 놀라운 일이었다.

"이 분수도 조경을 위해 만든 게 아니야."

미쿠가 말했다.

"그럼 뭐야? 보기엔 그냥 평범한 분수 같은데?

유키가 물었다.

"원자폭탄 피폭 직후엔 주변 온도가 3000도 이상이 된다고 해. 웬만한 콘크리트 건물도 녹아 버리는 온도니 주변의 물이 다 증발해 버리고. 그래서 폭사하지 않고 잠시라도 살아남은 사람들은 대부분 타는 목마름을 호소하며 죽어 갔다고 해."

미쿠가 대답했다.

"그 사람들을 위해 마르지 않는 물로 위로를 하려는 거구나?"

장수가 말했다. 일행이 모두 숙연해졌다. 일행은 10주년 기념상이 있는 곳까지 천천히 걸었다. 공원 안에는 그 동상 말고도 각국에서 평화를 기원하는 의미에서 보낸 여러 조형물이 있었다.

"원래 교도소 자리였다고 하던데, 너 혹시 알고 있었어?"

동호가 미쿠를 보며 물었다.

"응, 맞아. 저쪽 공터가 교도소 자리야. 조선인과 중국인 죄수들도 있었다고 해. 거기 갇힌 134명 전원이 사망했고."

동호가 놀란 표정으로 미쿠를 쳐다보았다. 다시 미쿠가 말했다.

"나도 오늘 너희를 안내하기 위해 좀 찾아봤지. 동호 군이 관심 있어 할 만한 것들은 좀 더 자세히 공부했고. 헤헤."

"너희 마치 오늘을 위해 칼을 갈아 온 무사들 같아."

유키가 동호와 미쿠를 가리키며 말했다. 유키의 말에 모두가 웃고 있었다고 생각했는데 동호가 갑자기 심각한 표정으로 일행을 환기시켰다.

"그쪽으로 가 보자! 폭심지. 찾아보고 싶은 게 있어."

동호는 약간 흥분한 상태인 것 같았다. 그런 동호를 보며 일행은 다소 어리둥절했다. 장수는 또다시 서울에서의 일이 재현되지는 않을까 노심초사했다. 동호가 가 보고 싶다고 했던 곳에선 항상 문제가 생겼으니까.

"응, 이쪽이야."

미쿠가 일행을 이끌었다. 평화 공원에서 원폭 자료관으로 향하는 길에 원폭 낙하 중심지(폭심지), 즉 1945년 8월 9일 나가사키에 원자폭탄이 떨어진 바로 그 자리가 표시돼 있었다. 당시 나가사키의 인구가 24만 명, 그중 7만여 명의 사망자를 포함해 전부 15만 명의 사상자가 났다고 하니 인구의 절반 이상이 원폭 피해를 당한 것이었다. 슬프고도 충격적인 장소가 아닐 수 없었다.

이 공원 또한 여러 개의 조형물이 그날의 불행한 역사를 상기시키고 있었다. 원폭 투하 당시의 시간인 오전 11시 2분이 표시된 조각상부터 동양 최초의 가톨릭교회라는 우라카미 성당의 잔해를 옮겨 놓은 것까지, 장수는 국가의 불행을 대하는 일본인들의 태도가 인상 깊었다. 그런데 공원 곳곳을 둘러보던 동호가 갑자기 소리쳤다. 동호가 보고 싶다고 했던 건 공원이 아니었다.

"화장실! 화장실이 어느 쪽이지?"

동호가 소리치자 모두가 한꺼번에 웃음을 터뜨렸다.

"이 자식, 괜히 걱정했네."

그런데 동호를 따라 공원 한쪽 화장실로 향하던 일행은 문득 걸음을 멈추었다. 화장실로 들어가는 대신 동호가 멈춰선 곳은 검은 돌로 된 어떤 비석 앞이었다. 화장실 앞 어두운 구석 자리에 들어앉은 비석은 조선인 원폭 희생자 추도비였다. 일행은 그 옆에 세워진 안내 표지판을 읽어 내려갔다. 그걸 제일 먼저 다 읽은 유키가 장수의 어깨에 손을 올렸다. 평소 같았다면 유키의 손길에 들떠 어쩔 줄 몰랐을 장수였겠지만 이번엔 달랐다. 장수는 안내판에 적힌 말들을 믿기가 어려웠다. 동호가 말했다.

"일본이 세계 제1의 피폭국이라면 한국은 일본 다음가는 세계 제2의 피폭국이야. 여기에는 2만 명의 조선인이 피폭을, 그중 1만 명이 폭사를 당했다고 적혀 있지만 이건 나가사키만의 숫자야. 히로시마에 있던 조선인 희생자들을 더하면 전부 4만여 명이 사망했고 2만 3000여 명이 피폭당한 채 조선으로 돌아왔대."

"너, 첨부터 화장실을 찾던 게 아니었구나?"

미쿠가 물었다.

"응. 폭심지 공원 화장실 근처에 있다고 하더라고."

나가사키의 초겨울 공기는 무척이나 건조했다. 장수는 이곳에서 일어난 일에 대해 생각했다. 인류가 만들어 낸 가장 악마 같은 물건. 그것이 나가사키를 지옥으로 만든 날. 무엇이 과연 이 평화로운 도시와 사람들을 그렇게 만들어도 된다고 생각하게 했던 걸까. 무서운 일이었다. 이곳에서 일어난 일보다 그 일을 일으킨 사람들의 인간답지 못한 생각이, 마음이.

식민지 백성이란 이유로 이곳에 끌려와 고통스러운 세월을 살다 사고를 당한 우리 이름 모를 할아버지 할머니들의 삶. 이들의 삶은 또 어디에서 어떻게 보상받을 수 있을까. 유키는 멍하니 안내판을 읽고 또 읽던 장수의 등을 가만히 쓸었다. 미쿠 역시 한동안 안내

판에서 눈을 떼지 못했다. 그러는 동안 아무도 동호가 사라졌다는 사실을 몰랐다. 잠시 후 나타난 동호를 보고 미쿠가 물었다.

"동호 군 어디 갔다 왔어? 언제 사라졌던 거야?"

"아, 이거 좀 사러."

동호는 손에 든 생수 한 병을 조심스레 추모비 앞에다 내려놓았다. 그제야 모두는 추모비 앞에 전부터 십여 개의 생수병이 놓여 있었다는 걸 알게 되었다. 그것들은 공원 분수대와 멀리 떨어진 이곳에서 아직도 목말라하고 있을 식민지 조선인들의 영혼을 위해 방문객들이 놓고 간 것이었다.

한 걸음 더 깊이 들어가기

인간을 향한 마지막 원자폭탄 리틀보이와 팻맨

'나라 잃은 왕손이기에 남모를 설움과 고난이 한층 더 했던 이우공 전하를 비롯하여 … 이우공 전하 외 무고한 동포 2만여 위 …' (히로시마 한국인 원폭 희생자 위령비)

1945년 8월 6일 아침, 조선의 왕자 이우는 말을 타고 첫 출근 장소인 히로시마의 일본군 제2총군 참모본부로 향했습니다. 조선 독립이 눈앞에 보인다며 한사코 일본으로 돌아가지 않으려 했던 이우 왕자는 강제로 일본에 와서 히로시마의 일본군에 들어가야 했습니다. 그리고 일본이 제공한 출근 차량을 거부하고 말을 타고 떠난 그는 영원히 돌아오지 못했습니다. 그의 첫 출근 시각 히로시마에 원자폭탄이 떨어졌기 때문입니다. 이우 왕자는 죽은 후에도 억울했습니다. 일본 군복을 입고 죽었다는 이유로 일본이 야스쿠니 신사에 이우 왕자의 넋을 모셨기 때문입니다. 야스쿠니 신사는 조선을 지배하고 전쟁을 일으킨 일본의 전쟁 범죄자들을 영웅처럼 기리는 곳이기 때문입니다. 이우 왕자는 이름이라도 역사에 남겼지만 히로시마의 수많은 조선인은 영문도 모른 채 죽어 갔습니다. 군인으로, 노동자로 낯선 땅인 히로시마 인근에 머물게 된 조선인은 약 10만 명으로 추정됩니다. 불행히도 원자폭탄으로 히로시마의 문서들도 다 사라져 정확한 숫자와 사람들의 이름을 알 수 없지만 약 2만 명 정도의 조선인이 목숨을 잃은 것으로 여겨집니다.

원자폭탄은 군인과 민간인을 가리지 않습니다. 아니 그 위력이 너무도 엄청나 한번 터지면 남녀노소를 가릴 수도 없습니다. 이 같은 재앙적 무기는 1905년 아인슈타인의 논문에서부터 시작되었습니다. $E=mc^2$로 잘 알려진 이론이죠. 작은 질량을 가진 물체라도 다른 상태로 변환한다면 큰 에너지를 얻을 수 있다는 이 이론은 1930년대를 지나며 이탈리아의 페르미, 독일의 한과 슈트라스만, 마이트너 등에 의해 우라늄을 이용한 핵분열 반응을 이끌어 내는 수준까지 발달했습니다. 연구는 더욱 활기를 띠었고 1939년 독일에서는 우라늄클럽이 결성되었습니다. 세계 과학자들은 히틀러가 원자탄을 보유하면 끔찍한 일이 일어날 것이라는 두려움에 휩싸였습니다. 이런 우려는 실라르드, 위그너, 아인슈타인에 의해 미국 정부에 전해졌고 미국은 독일보다 앞서 원자탄을 만들기로 했습니다.

1942년 8월 이렇게 맨해튼 프로젝트가 시작되었습니다. 이 프로젝트는 책임자 오펜하이머를 중심으로 무려 12만 5000명의 과학자와 기술자가 참여했습니다. 막대한 예산과 물자, 인력을 쏟아부은 맨해튼 계획은 1945년 7월 16일 원폭 투하 실험 성공으로 결실을 보았습니다. 그러나 원자폭탄의 엄청난 위력 앞에 모두가 놀랐습니다. 이 무기를 과연 인간에게 쓸 수 있는가라는 물음이 나오지 않을 수 없었습니다. 원자폭탄은 제2차 세계 대전을 종료시킬 강력한 무기였지만 피해가 막대해 어느 곳에 폭탄을 투하할 것인가도 논란이 되었습니다. 결국 히로시마와 고쿠라가 대상지로 선정되었고 8월 6일 히로시마 상공 580미터에서 인간을 대상으로 한 최초의 원자폭탄 'little boy(꼬마)'가 터졌습니다. 폭발 반경 약 1.5제곱킬로미터가 완전히 파괴되었고 약 10제곱킬로미터가 막대한 피해를 당했습니다. 15만 명 가까운 사람들이 그 자리에서 목숨을 잃거나 방사선 피폭으로 몇 년 살지 못하고 숨졌습니다. 8월 9일 두 번째 원자폭탄 'fat man(뚱보)'을 실은 비행선이 고쿠라를 향했습니다. 그런데 안개가 매우 짙어 대체지인 나가사키에 떨어뜨렸습니다. 역시 재일조선인을 비롯한 수만 명의 사람이 죽어 갔습니다.

결국 제2차 세계 대전은 일본의 무조건 항복으로 끝이 났습니다. 하지만 전 세계는 이미 이 신무기의 위력을 보았습니다. 선진국들은 앞다투어 원자폭탄 개발에 열을 올렸습니다. 현재 미국, 러시아, 프랑스, 영국, 중국, 인도, 파키스탄, 이스라엘 등이 핵무기를 보유하고 있습니다. 그리고 이란과 북한이 핵무기를 개발한 것으로 보입니다. 현재의 핵무기는 어느 나라를 막론하고 1945년 수준을 크게 뛰어넘었습니다. 그래서 누구도 선뜻 실제 사용할 수 없기도 합니다. 핵무기 사용은 공멸을 의미하기 때문입니다. 인간이 만들어 낸 가장 무섭고 강력한 무기는 단 한 발로 수십만 명의 생명을 앗아갔습니다. 비록 일본이 전쟁을 일으킨 나라이긴 하나 아이, 어른, 민간인과 군인을 가리지 않는 참혹한 결과 앞에 쉽사리 '인과응보'란 말을 쓸 수 없습니다. 게다가 우리나라 사람들이 입은 막대한 피해 역시 돌아볼 수밖에 없는 문제입니다. 전쟁의 죄상은 밝혀지고 그 값은 반드시 치러야 합니다. 그렇지만 전쟁이 낳은 또 다른 증오인 '핵무기'는 어느 시점이건 또 다른 전쟁의 용도로 사용되면 안 될 것입니다. 국제 사회가 북한에 우려를 보내는 것도 바로 이 때문이죠. 우리는 일본을 제외하자면 원자폭탄의 피해를 직접 경험한 유일한 나라이기도 하니까요. 전쟁을 끝낸 핵무기가 다시 전쟁의 시작이 되면 안 되겠죠. 부디 리틀보이와 팻맨이 인간을 향한 마지막 원자폭탄이었기를 진심으로 기원합니다.

8. 한일전은 계속돼야 한다

#아무도_사과하지_않는_이유
#처음_본_평화
#슬픈_섬_군함도
#선상묵념
#아무도_망하지_않았으면
#연설_같은_고백

폭심지 공원 가까이에는 나가사키 원폭 자료관이 있었다. 바다가 가까운 탓인지 바람이 멈추지 않고 불어 몸이 좀 움츠러들었는데 자료관 안에 들어서자 금세 따뜻해졌다. 자료관에선 피폭 전후의 과정과 참상을 다소 충격적인 사진들과 함께 전시하고 있었다. 전시를 돌아보는 내내 미쿠는 동호의 반응에 신경이 쓰였다. 동호는 줄곧 일그러진 표정이었다. 언뜻 보니 장수도 마찬가지였다. 유키 또한 그걸 알아차렸는지 먼저 말을 꺼냈다.

"너희 표정이 왜 그래?"

자료관 동선을 따라 걷던 발길이 거의 막바지에 다다랐을 때였다. 동호가 대답했다.

"핵무기가 얼마나 무섭고 위험한 것인지는 잘 알겠어. 피폭이 평화롭던 도시 하나를 어떻게 파괴했는지도 충분히 알겠고."

"그런데?"

"그런데 이곳은 뭐랄까, 그런 의도로 만들어진 게 아닌 것 같아."

장수는 동호가 무슨 말을 하려는지 단박에 알아차릴 수 있었다. 장수도 비슷한 걸 느꼈으니까.

"그럼 어떤 의도가…?"

미쿠가 물었다.

"나도 비슷한 걸 느꼈어. 이곳은 핵무기로 인한 이곳 사람들의 피해에만 집중하는 것처럼 보여. 왜 여기에 원자폭탄이 떨어지게 된 건지에 대해선 설명이 부족해. 미국이 핵무기를 사용하기로 했고 이곳을 포함한 몇몇 도시가 목표가 됐고 등등은 설명하고 있지만 어떤 이유로 미국이 그런 결정을 했는지에 대해선 설명돼 있지 않아."

장수가 대답했다.

"일본이 전범국이란 건 어떤 자료에도 나와 있지 않다는 거지."

동호가 덧붙였다.

"난 그런 생각은 못 해 봤어."

유키가 말했다.

"아냐, 유키. 그게 잘못됐다는 게 아니야. 너희와 다르게 우리만 이런 느낌을 받은 이유가 분명 있을 거야."

장수가 유키와 미쿠를 보며 말했다. 유키는 뭔가 갑자기 생각난 듯 말했다.

"응, 장수 군은 우리가 배워 온 역사와 너희가 배운 게 다르단 말을 하고 싶은 거지?"

"맞아."

유키 말을 듣고 있던 동호가 장수 대신 대답했다. 그러고 나서 말했다.

"일본은 전범국이라 불리는 것에 대해 많이 억울해한다는 느낌이야. 나아가 그들에겐 아무 잘못이 없었다고 말하는 것 같기도 하고. 난 과연 일본이 세계 3위의 경제 대국이 아니었어도 이런 태도였을지가 궁금해."

그제야 장수는 동호의 말이 점차 수위가 높아져 간다고 느꼈다. 하지만 예전과 달리 동호의 말에는 뭔가 힘이 느껴졌다. 그때 어김없이 유키가 단호한 말투로 문제를 제기했다.

"동호 군, 그렇다면 미국은 전혀 사과하지 않아도 되는 걸까?"

장수는 갑자기 생각이 멈춰 선 것 같았다. 동호 역시 순간 말문이 막혔다.

"그건, 생각해 본 적 없는 것 같아."

장수가 말했다. 그건 한국 학생들이라면 누구나 마찬가지였을 거라고 장수는 생각했다. 각기 공부하는 교과서가 다르다는 건 그런 의미였다. 누구든 자기 교과서에서 벗어나기란 힘든 일일 것이었다. 그때까지 듣고만 있던 미쿠가 말했다.

"2016년에 미국 대통령이 히로시마를 방문한 적이 있어."

"나가사키와 함께 피폭됐던 다른 도시지?"

장수가 말했다.

"맞아. 미국 대통령으로선 처음 있는 일이었대."

미쿠가 말했다. 장수는 자연스레 궁금해졌다.

"그래서, 사과하고 돌아갔어?"

"글쎄…. 그걸 사과라고 할 수 있을까?"

미쿠가 대답했다. 그 말을 듣고 동호는 재빨리 휴대 전화로 당시의 뉴스 기사를 검색했다.

"놀랍다. 우리를 대하는 일본의 태도와 너무나 닮았어."

유키와 미쿠도 일본어로 된 기사를 검색했다. 장수 역시 동호의 휴대 전화를 받아들고 기사를 읽었다. 기사에는 비슷한 시기, 일본 총리의 진주만(하와이) 방문에 대해서도 나와 있었다. 당시 일본 총리 또한 미국 대통령과 함께 영령들에 헌화하고 연설을 했지만 제대로 된 사과는 없었다. 기사를 다 읽은 장수는 허탈한 느낌이 들었다.

"왜 아무도 사과하려 하지 않는 걸까? 이렇게 많은 사람이 죽고 상처를 받았는데 왜 사과하는 사람은 없는 거지?"

장수가 말했다.

"사과하면 책임을 져야 하니까. 잘못을 인정하는 쪽이 뭔가 손해를 보게 되니까 그런 게 아닐까?"

유키가 말했다.

"그런데 전쟁은, 먼저 일으킨 사람이 무조건 잘못한 거잖아?"

동호가 말했다.

"정말 그럴까? 전쟁에서 가해자와 피해자의 구분이 가능한 건지 난 잘 모르겠어. 분명 먼저 전쟁을 일으킨 쪽의 책임은 있는 거겠지. 하지만 그 과정에서 무고한 사람들이 희생됐다면 그걸 모두 일으킨 쪽의 책임이라고만 할 수 있을까?"

유키의 말이었다.

"하지만 어떤 경우든 잘잘못은 가려져야 하니까."

그러면서 동호는 유키의 말에 더 반박을 하려다 한동안 생각하더니 다른 말을 꺼냈다.

"두 사람이 싸워서 둘 다 피해를 보았을 땐 더 큰 피해를 입은 쪽이 피해자가 돼. 그러니까 유키 말도 일리가 있네."

동호의 말에 장수는 놀란 표정이 되었다.

"동호 네가 어쩐 일로 유키의 말에 동의를 다 하냐?"

"글쎄, 좋은 논리에는 그에 합당한 반응이 있어야겠지?"

나머지 아이들이 서로 쳐다보며 흐뭇한 미소를 지었다. 특히 유키의 얼굴이 환해졌다. 그동안 동호가 어른이 되어 돌아온 느낌이었다. 유키가 이어 말했다.

"전쟁이 일어났을 때 진짜 피해자는 권력에서 소외당한 일반 국민인 것 같아. 내 생각에 거기에는 군인도 포함돼야 해. 그들을 전쟁터로 몰아넣은 사람들에겐 책임이 있어."

유키의 말에 모두 생각할 거리가 많아진 듯했다. 잠시 침묵이 흘렀다. 유키가 다시 말했다.

"전쟁 당사국의 모든 위정자에겐 전쟁을 막지 못한 책임이 있어. 그들은 피해를 준 상대국에는 물론 자국민에게도 사과해야 해."

동호가 팔짱을 낀 채 크게 고개를 끄덕였다. 장수는 뭔가 신기한 자연 현상을 보는 듯 동호를 주시했다. 그러다 의문이 떠올랐다.

"그럼 그들이 서로 피해 지역을 방문했던 건 의미가 없는 일일까? 사과를 하지 않았기 때문에?"

그 질문에 유키가 대답했다.

"난 그렇게는 생각하지 않아. 그게 할 수 있는 최선이라면 그렇게라도 하는 게 하지 않는 것보단 낫다고 생각해. 진정한 사과를 원하는 사람들을 충분히 만족하게 하진 못하겠지만 그럼에도 불구하고 그들의 교환 방문은 가치가 있는 게 아닐까. 적어도 그들은 현재의 평화에 이바지한 거니까."

"그러게. 옳소! 유키 말에 나도 찬성이야!"

동호가 팔짱을 풀고 한 손을 들고 외쳤다. 그 모습에 모두가 한꺼번에 웃음을 터뜨렸다. 양국 두 정상의 교환 방문처럼, 처음 있는 일은 여기에도 있었다. 동호와 유키가 서로 쳐다보며 웃는다. 처음 보는 평화였다. 장수는 뭔가 대단한 일을 해낸 느낌이었다.

"갑자기 배고프다. 너흰?"

동호의 말에 모두는 하나같이 배를 쓸어내렸다. 일행은 자료관을 떠나 항구로 향했다. 미쿠는 배 시간에 늦지 않아야 한다며 일행을 재촉했다.

항구에 도착한 아이들은 나가사키의 명물이라는 카스텔라 하나씩을 손에 쥔 채였다. 배 시간에 맞추려면 점심을 먹을 시간이 없었다.

"역시 달아."

동호가 말했다.

"어쩜 이렇게 달고 짠 것들을 즐겨 먹는데도 세계적인 장수 국가인 걸까? 응? 장수야."

동호의 말장난에도 장수는 아랑곳하지 않았다. 빵 하나씩을 손에 들고 우걱우걱 먹고 있는 아이들의 모습도 흐뭇했지만 그 중에서도 특히 유키가, 일렁이는 항구의 바닷물에 비쳐 함께 반짝이고 있었기 때문이었다. '뭘 해도 저렇게 이쁠까.'

나가사키라는 낯선 곳에서 보는 유키의 모습은 또 다르게 보였다. 그동안 그리워서 아파했던 시간을 모두 보상받는 느낌이었다.

"야, 엿장수. 혹시 내 목소리에 묵음 처리를 해 둔 거냐? 대체 왜 내 말에는 방귀도 뀌지 않는 거냐?"

장수는 곁눈질로 동호를 바라보았다. 동호가 먼바다를 가리키며 다시 말했다.

"넌 지금 우리가 어딜 가려고 하는지도 모르지? 저쪽 바다에 어떤 섬이 있는지 관심이나 있느냐고?"

그러고 보니 그랬다. 장수는 다음 목적지가 어딘지 전혀 인식하지 못하고 있었다. 그저 유키의 입에 들어가는 빵이 된다면 얼마나 좋을까, 따위의 생각뿐이었다.

"어, 어딜 가는데?"

"하시마야."

미쿠가 웃으며 말했다.

"하시마?"

장수가 되물었다.

"멀리서 보면 군함처럼 생겼다 해서 군함도라고도 하지."

동호가 말했다. 모두가 빵을 먹어 치웠을 때쯤 군함도행 배가 도착했다. 작지만 외관이 깨끗한 소형 크루즈였다. 장수와 동호는 처음 타 보는 일본 배라며 흥분했다. 반면 미쿠는 다시 마음이 불안해졌다.

승선하기 전 직원이 연두색으로 된 명찰을 나누어 주었다. 유키와 미쿠는 노란색 명찰이었다. 내국인과 외국인을 색깔로 구분하는 것 같았다. 날이 그리 춥지 않았기 때문에 일행은 1층 실내에나 있는 계단을 통해 2층으로 올라갔다. 곧 배가 뿌앙뿌앙 하는 출발 신호를 울리고 힘 있게 엔진음을 내며 출발했다. 미쿠와 유키는 배의 고물 쪽에 자리를 잡고 섰다. 장수와 동호는 2층을 한 바퀴 둘러보고 있었다. 불안해 보이는 미쿠에게 유키가 귓속말로 물었다.

"미쿠 넌 이미 가 본 적이 있지?"

"응, 지난 방학 때 외삼촌과 함께 다녀왔어. 그때가 처음이었지."

"그런데 왜 그리 긴장한 얼굴이야?"

유키가 다시 물었다.

"아, 딴 게 아니라, 여길 둘러보며 안내해 주는 코스는 이곳을 그저 관광지로만 설명해."

"그게 왜? 여긴 유네스코 문화유산이라며? 일본 역사에 의미가 있는. 아냐?"

"아마도 한국 친구들이 많이 속상해할 거야. 어쩌면 화를 낼지도 모르고…."

"아니, 왜?"

그때 유키의 눈에 한껏 찡그린 얼굴의 동호가 들어왔다. 동호는 2층 한쪽 벽에 붙어 있는 포스터를 들여다보고 손가락으로 한 자한 자 읽어 가고 있었다. 아마도 포스터의 내용이 마음에 들지 않는 모양이었다. 유키는 동호와 장수가 서 있는 쪽으로 다가갔다.

"프라이도… 나가사키노… 다이…세츠나… 아이…덴티티…. 자부심? 나가사키의 소중한 정체성이라고?"

"메이지 시대의 산업 혁명 유산, 세계문화유산 등록 결정!이라…."

동호와 장수가 번갈아가며 포스터에 적힌 문구들을 읽어 나갔다.

"이런 줄 알고는 있었지만, 하아…."

동호가 탄식했다. 일본에선 세계문화유산에 등재된 곳들을 TV에서 심심찮게 볼 수 있었기 때문에 어쩌다 지나치듯 본 적은 있지만 유키는 군함도에 대한 배경지식이 거의 없는 상태였다. 그런데 한국 친구들의 반응이 심상찮았다. 유키가 물었다.

"얘들아, 뭐가 그리 심각한 거야?"

"응, 이곳이 세계문화유산에 등재될 때 한국에선 여론이 좋지 않았어."

장수가 대답했다.

"왜? 어떤 사정이 있는 거야?"

유키가 다시 물었다.

"여긴 일제 강점기 때 한국에서 강제로 농민들을 징용해 탄광

노동자로 썼던 곳이야. 800여 명 정도가 끌려왔는데, 당시 대부분의 군수 시설 징용자들이 그랬듯, 약속한 임금을 제대로 받지도 못하고 노예보다 못한 환경에서 일했다고 해. 그중 사망한 사람만 134명이라고 하니까."

장수가 말했다. 유키는 너무나 궁금했다.

"그런 곳이 어쩌다가 세계문화유산이 된 거지?"

"여긴 섬 전체가 탄광이었지만 이곳을 운영했던 기업은 직원들과 가족을 위해 최신식의 아파트와 위락시설을 지어 놓았어. 1970년대 이후 탄광이 폐쇄되면서 버려졌지만 당시의 콘크리트 구조물들은 그대로 남아 메이지 시대 일본 산업의 발전을 상징하는 곳이 됐다는 거지."

어느새 일행에 합류한 미쿠가 유키에게 설명해 주었다. 그때 사람들이 배의 한쪽 측면으로 몰려들었다. 모든 사람이 사진을 찍어 대느라 바빴다. 어느 순간 군함도의 전체 모습이 선명하게 눈에 들어왔다. 군함도를 처음 보는 장수와 동호, 유키는 그 광경을 보며 복잡한 감정이 들었다. 배에 탄 사람 중에는 금발의 외국인 관광객도 많았다. 한국어가 들리지 않는 것으로 보아 한국 사람은 장수와 동호뿐인 것 같았다.

군함도 뒤쪽으로 작은 무인도가 하나 보였다. 휴대 전화로 이 지역 지도를 살피던 동호가 말했다.

"저기가 나카지마군. 맞아."

"저긴 뭔데?"

장수가 물었다.

"군함도에서 일하던 징용자들은 저 섬에서 연기가 피어오르면 누군가 또 죽었구나, 하고 생각했대. 징용자들은 혹독한 일에 시달리다 병에 걸려 죽거나 학대를 이기지 못하고 탈출하다 잡혀 맞아 죽는 일이 많았다고 해. 저 섬은 그들의 화장터로 쓰인 곳이고."

가까이서 이 말을 들은 유키와 미쿠는 숙연해졌다. 유키는 그제야 온통 관광 분위기로 채색된 듯한 이 배가 한국 친구들에게 어떻게 보였을지 조금은 알게 된 것 같았다.

항구를 떠난 지 50여 분. 드디어 배는 군함도 한쪽의 접안 시설에 서서히 접근했다. 장수는 가슴이 마구 요동쳤다. 이 묘한 감정을 어떻게 설명할 수 있을까. 지금으로부터 멀지 않은 과거에 오갈 수 없는 섬에 갇혀 혹독한 채굴 작업도 모자라 온갖 학대를 당하다 그중 백 명이 넘는 사람들이 끔찍하게 죽어 간 곳에 각국의 관광객들과 함께 발을 내딛는 순간을.

탑승객들이 모두 섬에 내리자 일본인 가이드 할아버지는 정해진 탐방 경로를 따라 사람들을 이끌었다. 그는 군함도의 옛 모습이 찍힌 몇 장의 사진들을 보여 주며 곳곳에 멈춰 서서 일본어로 설명을 해 나갔다.

"에… 그러니까아, 이 뒤에 보이는 곳은 1916년에 세워진 글로벌 하우스입니다. 예. 전성기에 그러니까 이곳에는 5300명이나 되는 사람들이 모여 살았어요. 당시 세계에서 가장 인구 밀도가 높았던 곳이죠. 그러니까아… 에…, 당연히 고층 아파트가 필요했던 겁니다. 일본 산업 혁명 초기를 상징하는, 그런 선진 도시였던 거죠. 예."

"대단해!"

"멋집니다!"

가이드 할아버지의 설명에 곳곳에서 자부심 가득 찬 탄성이 들려왔다. 그의 장황한 설명이 이어질 때마다 일행은 마음이 아파 왔다. 미쿠와 유키는 가이드 할아버지를 따라 묵묵히 걷는 한국 친구들과 눈을 마주치기가 힘겨웠다. 섬의 어두운 과거를 모르는 사람들 속에서 그들은 섬 안의 섬이 된 기분이었다. 탐방 마지막 코스에 이르자 동호가 말했다.

"여기 끌려온 한국인들은 우리 나이 또래, 열여섯 살 정도가 대부분이었다고 해."

"정말이니? 그건 몰랐어."

미쿠는 놀란 표정을 감추지 못했다.

"나이가 어릴수록 다루기 편하고, 몸집이 작아 좁은 막장에 들여보내기도 쉬웠겠지."

장수의 말이었다.

"그런데 유네스코 세계유산위원회가 열렸을 당시에 일본 정부는 과거 징용에는 강제성이 없었다고 주장했어. 그리고 그 후에도 그런 주장은 공공연히 되풀이됐지."

동호가 말했다. 그 말을 들은 일행은 모두가 깊게 한숨을 쉬었다.

한 시간 가까이 진행되던 탐방이 어느덧 마무리되고 다시 사람들이 배에 오르자 배는 군함도의 반대편까지 볼 수 있도록 섬 전체를 한 바퀴 돌기 시작했다. 수시로 바닷물이 들이쳐서 늘 습한 환경이었다던, 그래서 항상 각종 질병에 시달렸다던 징용자들의 숙소 쪽은 탐방할 수 없었다. 그런데 배를 타고서는 멀리서라도 그 쪽을 볼 수 있었다. 물론 일본의 공식적인 확인이 없었기 때문에 그 위치는 짐작만 할 뿐이었다. 동호가 가리키는 쪽을 멍하니 바라보던 장수가 문득 동호에게 말했다.

"동호야, 우리… 여기서 잠깐 묵념이라도 할까? 어때?"

유키와 미쿠가 동호보다 먼저 대답했다.

"나도!"

"나도 할래."

별안간 동호는 울컥, 하고 감정이 복받쳤다. 장수는 차분히 아이들을 돌아보며 말했다.

"알았어, 그럼 다 같이 하자. 묵녀엄."

아이들은 멀어져가는 군함도를 향해 다 함께 고개를 숙였다. 주변에 서 있던 다른 관광객이 이 광경을 의아한 표정으로 힐끗힐끗 쳐다보았다. 묵념을 끝내고 동호는 유키와 미쿠를 바라보며 낮은 목소리로 말했다.

"고꼬로까라 아리가또 고자이마스(진심으로 고맙습니다)."

그 말에 유키가 예를 갖추어 답례하듯 합장하고 허리를 숙였다. 그러고 나서는 모두가 서로 마주 보며 미소를 주고받았다. 잠깐이었지만 아이들은 나름대로 경건하게 마음을 표현하고 싶었던 것이다. 언제나 파도가 심하다는 군함도 앞바다는 그날따라 잔잔하게 빛났다.

나가사키 항으로 돌아가는 길에 장수는 갑자기 윤동주 시인 생각이 났다. 유키가 윤동주 시비 앞에 서서 일본어로 〈서시〉를 낭송하던 모습도. 그때 그런 생각을 했었지. 일본에서 식민 지배에 저항하다 외롭게 죽은 시인이 먼 훗날 그의 시를 사랑하는 일본 학생을 만난다면 어떤 기분일까? 분명 그는 조금이라도 외로움을 덜었을 것이다. 위로받았을 것이다.

위로란 무엇일까? 사과를 통해 피해자를 위로할 수 있으려면 진심이 느껴지도록 하는 방법 말고 또 무엇이 있을까? 장수는 그런 생각 끝에, 유키와 미쿠의 진심 어린 행동이 제대로 된 사과의 좋은 예라고 생각했다. 미래에 어떤 식으로든 역사 속 만행에 대한 일본 정부의 사과가 있다고 하더라도, 이보다 더 감동적일 순 없을 거라고, 더 제대로 된 위로는 없을 거라고 생각했다. 그리고 또 한 가지. 유키라는 아이가 얼마나 보석 같은 사람인지에 대해 생각했다. 유키는 자기 인생에 절대 없어서는 안 될 사람처럼 느껴졌다. '유키와 함께일 수 있다면…, 영원히 떨어지지 않고 저 반짝이는 사람과 함께 할 수 있다면….' 하고 생각했다.

"너희, '일본의 3대 야경夜景'이라고 들어 봤니?"

배가 항구에 도착할 때쯤 미쿠가 밝은 음성으로 아이들에게 물었다.

"그런 게 있어?"

"뭐야, 유키도 모르는 걸 우리가 어떻게 아냐?"

유키의 말을 듣고 동호가 말했다.

"우리나라 사람들은 뭐든 순위 매기길 좋아해서, 하하. 나가사키엔 말야. 일본의 3대 야경으로 꼽히는 곳이 있어. 저녁 먹은 다음에 가 보자."

미쿠가 웃으며 제안했다.

"좋아!"

"응, 나도!"

유키와 장수가 대답했다.

"데이트는 역시 야경이지!"

우울했던 기분을 떨쳐 버린 듯 동호도 뒤따라 외쳤다.

야경으로 유명한 이나사야마 전망대에 다녀온 일행은 하나같이 지쳐 있었다. 숙소인 미쿠네 외삼촌 댁에 도착했을 땐 벌써 밤 11시가 다 되어 있었다. 미쿠네 외삼촌과 외숙모와는 제대로 인사도 나누지 못한 채 아이들은 서둘러 씻고 잠자리 준비에 들어갔다.

미쿠 말로는 외삼촌이 젊은 시절엔 프로레슬러였다고 했다. 그러고 보니 과연 보통 어른 남자의 세 배에 달하는 몸집이, 프로레슬러가 아닌 다른 직업을 떠올리기가 어려웠다. 하지만 인상은 몸에 비해 그리 험악하거나 무서워 보이진 않았다. 그런 인상을 받은 건 목소리 때문이기도 했다.

"혹시 배고픈 사람은 없니? 가쿠니 만주(조린 돼지고기를 찐빵에 싼 모양의 나가사키의 유명 간식)를 몇 개 사다 놨는데."

이렇게 말하는 외삼촌의 목소리는 한없이 다정해서, 조카인 미쿠를 평소 얼마나 아끼는지 단번에 느낄 수 있을 정도였다. 여독으로 너덜너덜해진 몸을 씻고 방에 들어가자 외숙모가 가쿠니 만주 몇 개를 따뜻한 녹차와 함께 들여놔 주셨다. 장수와 동호는 누가 먼저랄 것 없이 준비해 주신 만주를 순식간에 먹어 치우고는 자리에 누웠다.

잠자리에 든 지 얼마 되지 않아 갑자기 방문이 열렸다. 장수는 몸을 일으켜 방문 쪽을 쳐다보았다. 문 앞에 시커먼 형체가 웅크리고 앉아 있었다. 장수는 놀라 소리쳤다.

"아악! 뭐야!"

그러자 웅크렸던 형체가 아주 느린 속도로 자리에서 일어서기 시작했다. 이상하게도 옆에 누운 동호는 아무런 반응이 없었다.

"동호야! 야! 으악! 저게 뭐야!"

방 안에는 오로지 장수의 비명만 쩌렁쩌렁 울릴 뿐이었다. 이 정도 소리라면 옆방에서 누군가 뛰어올 만도 한데 그런 일은 일어나지 않았다. 형체는 점차 일어서더니 희한하게도 몸집이 더욱 커지기 시작했다. 말도 안 되는 일이었다. 몸집이 커지다니. 장수는 이토록 급박한 상황에서도 계속해서 그것의 정체가 무엇인지 궁금했다. 그래서 그것의 얼굴을 뚫어져라 쳐다보았다. 이제는 비명도 나오지 않았다. 그런데 장수는 한참 후에야 그것이 미쿠 외삼촌의 얼굴을 하고 있다는 걸 알았다. 비록 얼굴은 그랬지만 그것은 사람이 아니었다.

그것은 더욱 커져 가다 급기야는 자기 몸으로 방 안을 가득 채울 기세였다. 장수는 입이 다물어지지 않았다. 한 손으로는 침침해진 자기 눈을 비비며 나머지 손으론 동호를 흔들어 깨웠다. 아무리 세차게 흔들어도 동호는 여전히 꼼짝 않고 누워 있었다. 이게 동호가 맞나 하는 생각이 들었다.

"아악, 그만! 좀 그만해!"

그것은 장수가 소리치는 걸 들을 수 없는 건지 멈추지 않고 계속해서 몸집을 불려 가고 있었다. 그러다 어느 순간부터는 아예 얼굴 부분은 천장에 붙어 있었다. 장수는 소리치며 뒤로 벌러덩 다시 드러눕게 되고 말았다. 어느새 그것의 몸으로 방 안이 가득 찼다. 그때 그것이 말을 하기 시작했다. 그것은 목소리 또한 영락없는 외삼촌이었다. 가늘고 상냥한 목소리.

"장수야, 내일이 한일전 축구 경기가 있는 날인데…."

장수는 어이가 없었다.

"그… 그래서요?"

오늘 처음 본 미쿠 외삼촌의 얼굴을 한 괴물과 대화를 하고 있다니. 괴물이 다시 말했다.

"그래서요, 라니. 어느 팀을 응원할지 이제 결정을 해야 한단다. 시간이 없어."

맙소사 이건 꿈이구나, 생각하는 순간 잠에서 깼다.

다음 날 아침 식탁에서 장수가 심각한 표정으로 간밤의 꿈에 대해 말하자 미쿠네 외삼촌 부부와 일행 모두는 웃느라 정신이 없었다.

"장수 너 넘보기행자를 만난 것 같은데?"

미쿠가 말했다.

"넘보기행자?"

“응. 넘보기행자는 몸이 계속 커지고 목이 늘어나는 일본 귀신인데, 그걸 계속 바라다보면 누구나 뒤로 넘어지게 돼 있대. 넘보기행자는 그 틈을 타 사람을 공격한다고 해.

“난 요새 열심히 다이어트 중이었는데 몸이 계속 커졌다니 듣기가 거북하구나.”

“삼촌, 더 열심히 하셔야겠어요. 하하하.”

모두 웃고 있는 사이 미쿠의 외숙모가 말했다.

“그런데, 난 궁금한데?”

“예? 뭐가요, 숙모?”

“장수가 어떤 대답을 할지 말이야. 혹시라도 유키네 부모님께서 물어보시면 어떻게 대답하겠니?”

미쿠의 숙모는 장난스러운 표정으로 물었다. 장수가 화들짝 놀라 말했다.

“아니, 그게 무슨 말씀이신지?”

“다 들었단다. 유키를 좋아한다며? 그래서 꿈에서까지 그런 고민을 하게 된 거 아니니?”

나머지 아이들이 피식 웃음을 터뜨렸다. 장수는 모두 다 아는 얘기가 돼 버린 이상 숨길 게 없다는 생각이 들었다. 장수가 말했다.

“네, 저 유키를 좋아해요.”

"호오!"

"유후!"

"오오 멋지다!"

식탁에 둘러앉은 사람들 모두가 식탁 위를 두드리며 기분 좋은 응원의 탄성을 보냈다. 그런데 얼굴이 빨갛게 터질 줄 알았던 장수는 자신이 멀쩡하다는 사실에 놀랐다. 얼굴이 빨간 점이 돼 버린 건 오히려 유키 쪽이었다. 빨간 두 볼에 손을 대고 부끄러운 듯 미소 띤 유키의 모습은 그렇게도 예쁠 수가 없었다. 장수는 더 용기를 내어 간밤에 잠에서 깬 뒤 생각했던 바를 말했다.

"꿈속에선 대답하지 못했는데, 이제 말할 수 있을 것 같아요."

모두가 장수의 말을 경청할 준비가 되어 있었다. 식탁은 흡사 UN 회의장을 연상시켰다.

"저는 한국을 응원할 거예요. 하지만…."

한국 대표의 발언을 주목하고 있는 각국 대표들의 표정이 사뭇 진지했다.

"하지만 그것이 마지막 한일전이라면 전 어떤 쪽도 응원하고 싶지 않습니다."

"무슨 소리야? 알아듣기 쉽게 말해 봐."

답답해진 동호가 말했다.

"쉿!"

넘보기행자를 닮은 외삼촌이 동호를 제지했다. 장수는 외삼촌에게 '아리가또(감사합니다)' 하며 말을 이었다.

"유키의 부모님께서 만약 저에게 그런 걸 물어보신다면, 전 이런 말씀을 드리고 싶어요. 축구든 야구든 게임은 게임일 뿐, 중요한 건 누가 이기고 지는지가 아니라, 우리가 영원히 한일전을 계속할 수 있는 관계. 두 나라가 끊임없이 교류하는 관계여야 한다는 겁니다. 경제적인 이익이나 두 나라의 체면 같은 게 결코 두 나라 간의 평화보다 중요할 순 없어요. 평화롭게 교류하는 가운데 미래에는 더 이상 억울한 사람이 없도록 하는 일! 전 그게 가장 중요한 것 같아요."

장수의 연설 같은 고백에 모두가 박수를 쳤다. 장수가 말을 이었다.

"전 우리 두 나라 국민이 아무도 망하지 않았으면 좋겠어요. 두 나라의 관계 때문에 힘들어하는 사람도 없었으면 좋겠고요."

"옳소!"

동호가 외쳤다.

"저도 한마디 해도 될까요?"

그러자 청중들이 동호 쪽을 향해 고개를 돌렸다.

"어제 너희 둘, 진심 어린 묵념을 함께해 줘서 고마워. 오래오래 잊지 못할 거다. 그리고 미쿠…."

동호가 갑자기 미쿠를 향해 몸을 틀었다.

"내가 그동안 학교 시험을 제치고 일본어를 공부한 건 말이지…."

그때 마침 숙소 가까이 나가사키 항구에서 한 차례의 뱃고동 소리가 엄청난 크기로 뿌우! 하고 들려왔다. 그 절묘한 타이밍에 모두가 박수를 치며 한바탕 웃어 젖혔다.

"이놈아, 고백은 하루에 한 명씩만 하자!"

미쿠네 외삼촌이 말했다. 동호는 주먹을 불끈 쥐었다.

"아, 진짜, 억울한 사람이 없도록 하자며!"

한 걸음 더 깊이 들어가기

일본의 두 얼굴을 간직한 군함도

"유네스코는 인류 보편적 가치를 지닌 자연유산 및 문화유산들을 발굴 및 보호, 보존하고자 1972년 세계 문화 및 자연 유산 보호 협약(Convention concerning the Protection of the World Cultural and Natural Heritage; 약칭 '세계유산협약')을 채택하였다."

유네스코 홈페이지

세계유산이란 말 그대로 인류의 자랑이자 보물이라 할 수 있습니다. 세계유산이 지정되는 것은 그 자체만으로도 해당 국가의 영광과 기쁨인 동시에 가장 강력한 관광 자원이 탄생하는 것과 같습니다. 영광과 기쁨은 다른 나라에 내세울 만한 선조의 유산이 후손에게 주는 선물입니다. 2017년을 기준으로 본다면 우리나라는 창덕궁, 종묘, 경주, 수원화성 등 열두 개가 등재되어 있습니다. 북한은 고구려 고분군과 개성의 역사 기념물이 등재되었습니다. 이웃 일본은 어떨까요? 일본은 후

지산, 히메지 성, 히로시마 평화기념관(원폭돔), 고대 교토의 역사기념물, 류큐 왕국 관련 유적, 이쓰쿠시마 신사, 일본의 메이지 산업 혁명 유산 등 열아홉 개가 세계유산으로 등재되었습니다. 누가 더 많으냐를 떠나 서로 축하하고 함께 즐길 일입니다.

그런데 2015년 두 나라 사이에 양보할 수 없는 신경전이 벌어졌습니다. 일본의 메이지 산업 혁명 유산 스물세 개 중 하시마 탄광, 나가사키 조선소 등 일곱 개는 강제 노역의 역사가 새겨진 곳이기 때문입니다. 우리에겐 분명 가슴 아픈 장소지만 일본에는 그들의 근대화를 상징하는 분명한 장소기도 합니다. 세계적으로도 아우슈비츠 수용소처럼 인류의 비극을 기억하기 위해 세계유산으로 지정하는 예도 있으니 꼭 부정적으로 볼 것만은 아닙니다. 실제 유네스코는 "아우슈비츠 수용소가 나치에 의한 유대인 인종 학살의 현장이자 인류에게 행한 극악한 범죄라는 점을 밝히는 명백한 증거"이며 "사상의 자유와 영혼의 자유를 말살하려 한 나치에 대항해 끝내 이긴 인간 정신의 위대함을 보여 준 장소"이고 "야만과 인종차별을 기억하고, 인류의 어두운 역사를 증명하는 장소이며 극단적 이데올로기와 인간 존엄을 부인한 결과가 초래한 비극을 후세에게 전하는 장소"라고 세계문화유산으로 지정한 이유를 설명했습니다.

하시마는 나가사키 항에서 남서쪽으로 약 18킬로미터쯤 떨어진 곳에 있는데 섬의 모양이 군함을 닮았다 해서 군함도라는 별명으로 익히 알려져 있습니다. 일본 최대의 기업인 미쓰비시 그룹이 이 당시 직접 운영하던 탄광이었습니다. 1일 열두 시간 넘게 열악한 시설 속에 채굴했고 영양실조와 병, 부상이 끊이지 않았습니다. 배고파 죽고, 사고로 죽고, 도망치다 바다에 빠져 죽었습니다. 조선인에게 하시마는 비극의 섬이고 감옥 섬이고 지옥 섬이었습니다. 그것은 엄연한 사실이었고 더불어 일본 역시 우리나라와 중국 등 주변국의 시선을 의식하지 않을 수 없었기에 강제 노역의 어두운 역사를 반드시 알리고 참회 시설을 만들겠다고 했습니다. 그러나 세계유산으로 확정된 후 그것은 이루어지지 않았습니다. 조선인 6만여 명이 강제 동원되고 100여 명의 사망자를 낸 역사적 사실이 송두리째 사라져 버린 것이죠.

하지만 역설적으로 이런 일이 발생함으로써 국내에 강제 노역에 대한 이야기가 논쟁거리가 되었습니다. '무한도전' 등 TV 프로그램과 '군함도' 등의 영화로 대중의 관심은 더욱 커졌습니다. 사실 한국 정부에서는 〈사망 기록을 통해 본 하시마端島 탄광 강제 동원 조선인 사망자 피해 실태 기초 조사〉(2012)가 이루어진 적이 있습니다. 보고서에 따르면 1943년에서 1945년 사이에만 약 500~800여 명의 조선인이 이곳에 징용되어 강제 노동한 것으로 추정됩니다. 그러나 이와 같은 분명한 사실이 있음에도 우리 정부는 일본의 세계유산 등재 추진에 별다른 이견을 보이지 않다가 뒤늦게 문제를 제기했습니다. 결과는 많은 한일 문제의 현실처럼 일본 정부의 진정한 사과를 얻어 내는데 이르지 못했습니다. 이제 시민들이 자신 힘으로 권력을 바꾸고 세상을 감시하는 때가 되었습니다. 수십 년간 답을 찾지 못했던 한일 간의 문제도 국가가 아닌 시민의 힘으로 새로운 해결책을 찾을 때가 되었습니다. 이 책의 주인공인 장수와 동호, 그리고 유키와 미쿠가 서로 밀고 당기고 성장하며 문제를 풀어 가듯 말이죠.

우리문고 26
날마다 한일전 2017년 12월 20일 처음 펴냄 | 2023년 11월 1일 4쇄 펴냄 | 지은이 김동환, 이기범 | 펴낸이 신명철 | 편집 윤정현 | 영업 박철환 | 관리 이춘보 | 디자인 최희윤 | 펴낸곳 (주)우리교육 | 등록 제 313-2001-52호 | 주소 03993 서울특별시 마포구 월드컵북로 6길 46 | 전화 02-3142-6770 | 전송 02-6488-9615 | 홈페이지 www.urikyoyuk.modoo.at

ISBN 978-89-8040-378-3 43810

이 도서의 국립중앙도서관 출판시도서목록(CIP)은
서지정보유통지원시스템 홈페이지(http://www.seoji.nl.go.kr)에서 이용하실 수 있습니다.
(CIP 제어번호:CIP2017029900)